Senryu no riron to jissen

川柳の理論と実践

Shinke Kanji
新家完司

新葉館出版

川柳の理論と実践 目次

I 川柳を作る理由と心構え

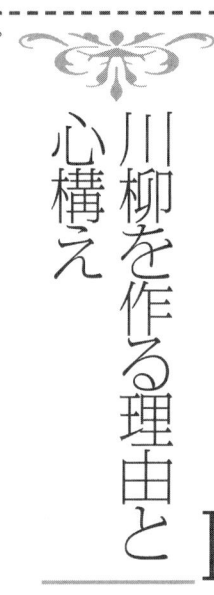

II

III 作句力アップのための表現と表記

Ⅳ いろいろな川柳の取り組み方

V 作句力と選句力──総合力のアップ

川柳の理論と実践

I

川柳を作る理由と心構え

はじめに――何のために川柳をするのだろう

No.001

どうして始めたのですか?

あなたはどうして川柳を始められたのでしょうか? どのようなきっかけで始められたのでしょうか?

新聞の川柳欄を見て「これなら私にも出来そうだ」と思って。本屋で偶然に川柳の本を見て面白そうだと思ったので。友人に勧められて。川柳講座の広告を見て等など、皆さん、始められたきっかけは様々です。しかし、「斯く斯くのことをしたいから」という明確な目的を持って川柳の門を叩いた人は少ないでしょう。また、始めてからも、「何のためにするのか」ということを、突き詰めて考えたことはないと思います。

この講座の最初に、「何のために」という項目を持ってきたのは、明確な目的意識を持って進んで行くのと、持たないで漠然と進むのとでは、後々に大きな違いが生じてくるからです。何がどのように違ってくるかは、今後の講座を通じて具体的に検証していきます。

何を目標とするのか？

①知的な趣味として充実した毎日を過ごす。
②頭を使ってボケないようにする。
③友人知人を得て交友関係を広げる。
④句会や大会に出席して気晴らしをする。
⑤自分の作品を多くの人に読んでもらう。
⑥今の自分の姿、今の自分の想いを表明する。
⑦自分の作品で読者を感動させる。
⑧生きてきた証として句集を出す。

明確に「目標」とは決めていなくても、右に挙げた中の一つや二つぐらいは、どなたでも意識しておられるでしょう。

それぞれを仔細に見直してみますと、①から⑤までは、特別の努力をしなくても、川柳を続けているだけで自然に実現出来そうです。すなわち、根気よく続けていれば、「充実した毎日」を過ごすことが出来て、「ボケ防止」になり、句会に出席することによって、「友人知人」を増やし、「気晴らし」になり、「自分の作品を多くの人に読んでもらう」ことが出来ます。これは、川柳を楽しむと同時に得られる「川柳の余得」

「川柳のおまけ」とも言えます。このように、努力もせずに実現できることは、本当の「目標」とは言えないのではないでしょうか。また、⑦⑧につきましては、今すぐには無理としても、努力次第でどなたでも実現できます。しかし、しっかりした精神的な支柱もなく、ヤミクモにがんばっても空回りになるだけで、読む人を感動させる優れた句を生み出すことはできません。

そこで一番肝心なのが、⑥の「今の自分の姿、今の自分の想いを表明する」ということです。このことは川柳に取り組む上での「大切な心構え」でもありますが、単なる心構えだけではなく、最終目標と位置づけていただきたいのです。句を作るということは、「自分の姿、自分の想いを表現する」ことなのです。「自分の姿、自分の想い」とは、甚だ抽象的で分かりにくいかもしれませんが、具体的にどのように表現していけばよいのかということも、これからの講座で詳しく述べていきます。

●目標がないとだめなのか？

ここまで読まれて、「面倒なことなんだなぁ。私はもっと気楽に楽しみたいのに」と思われた人もおられるでしょう。確かに、目標を持たなくても川柳を楽しむことはできます。

先ほど述べましたように、継続するだけで、①から⑤までの「川柳の余得」を受けることが出来ます。「これだけのものを得られれば充分だ」と思われる人も多いでしょう。しかし、いずれ、それだけでは物足りなくなる時がやってきます。熱心に取り組んでいる人ほど、「私は、なぜこんなに川柳に打ち込んでいるのだ。何のためにやっているのだ」と、立ち止まる日がやってきます。ある程度の作句力がつき、川柳界の様子も少し分かってきた頃。壁のようなものにぶつかって、思うように句が出来なくなるときがやってきます。しっかり目標を定めて進んでいるつもりの人でも、自分が立っている位置のあやふやさに心許なくなり、自分の進むべき方向に迷うときが、必ずやってきます。

そのようなときに、「今の自分の姿、今の自分の想いを表明する」ことを、もう一度思い出してください。この「目標」を胸に蘇らせることによって、燃えていた頃の初心に立ち戻り、態勢を立て直すことができます。

また、この目標をしっかり胸に刻んでいますと、他者と自分を比較して一喜一憂することがありません。川柳は他者との競争ではありませんから、比較する必要はないのです。川柳を始めて間もない初心者ならともかく、十年も二十年もやっているベテランでも、成績に拘り、「抜ける（入選のこと）抜けない」だけを気にしている人がいます。おそらく、目標など意識したこともなく、ただ漫然とやってきただけなのでしょう。

本稿は、出発に際してということから、精神論の趣になりましたが、これからは出来るだけ具体的に、この「自分を表す」ことに迫ってみたいと思います。楽しくて奥深い川柳の道を、一緒に勉強していきましょう。

理論に惑わされるな

No.002

絶対に正しい指針、などはない

几帳面な人は、何事を始めるにしても、まず、きっちりとした計画を立て、周到な準備を整えてから出発しようとします。いわゆる「形（かたち）から入る」というタイプです。川柳を始めるにあたっては、「入門書を購入して精読し、だいたいのことを理解してから…」あるいは、「川柳教室でしっかり勉強してから…」と考えがちです。

もちろん、入門書を読まないよりは読んだほうが良いでしょう。また、川柳教室で学ぶのは上達の近道かもしれません。しかし、入門書に書いてあることや、先生の指導を、絶対的なものと思い込まないことが肝要です。どれほど立派な先生の指導であっても、それは、「その先生が正しいと思っている指針」を教えているのであって、絶対的なものではありません。

そもそも、芸術や文芸に「絶対」とか「正しい指針」というものは有り得ません。「絶対に正しい指針などはない」からこそ、その奥行きは限りなく深く、誰もが飽きることなく、情熱とエネルギーを注いで創作活動に打ち込んでいるのです。

●──すべての指針は参考意見

絶対に正しい指針というものはないと申しましたが、入門書や川柳教室を否定しているのではありません。入門書の内容も川柳教室の指導も、初心者の道しるべになり、頼りになる指針であることは間違いありません。しかし、その指導を鵜呑みにするのではなく、あくまでも「先生の意見」「重要な参考意見」としてください。あなたがベテランになって、川柳というものがどういうものなのか、自分なりの考えが身についてきたときに、「やっぱり的を射た指針であった」と改めて納得できるかもしれません。あるいは、「これはちょっと変ではないか」と疑問を持つ指針があるかもしれません。人によって違うからこそ、その見解は、川柳に取り組んで得た「川柳観」によって、各人それぞれ違ってくるはずです。人によって違うからこそ、さまざまな意見が飛び交い、活力となり、多様な作品が生まれ出るのです。

「絶対に正しい指針などはないと言うのなら、このような講座も不要ではないか」という声が聞こえてきそうですが、この講座が目指していることの一つは、まさに、その「絶対に正しい指針などはない」ことを理解していただくことです。そして、初心者の柔らかい頭を締め付けようとする「古い考え方」を払拭し、伸び伸びとした発想と自在な作句力を身につけていただくことを目標としています。もちろん、この講座も、私が正しいと思っていることを述べていくのですから、「絶対」ではなく「参考」であることは言うまでもありません。

●――川柳は習い事ではない

私が「習い事」で経験したものは「謡曲」だけですので、謡曲を例にしますと、謡曲の練習方法は、先生の謡ったあとを、そのまま鸚鵡返しに復唱することから始まります。本に音符らしき記号は付いていますが、初心者にはチンプンカンプンですから、とにかく、先生の謡っている通りに謡わなければなりません。そのうちにだんだん要領が分かってきて、音符らしきものも読めるようになってきます。このように、先生の指導を鵜呑みにして、先生の遣り方をそっくり真似なければならないのが、いわゆる「習い事」であり、伝統的な芸事はこのようにして師匠から弟子へ継承されていきます。

では、川柳はどうでしょうか。川柳に限らず文芸はすべて、習い事ではありません。文芸は「創作」です。習い事では先生の真似をしなければなりませんが、「創作」は人真似を嫌います。この違い、すなわち、「先生の指導は絶対＝習い事」と、「先生の指導は参考＝創作」の違いをしっかり理解してください。このことを理解しますと、習い事における「師匠」と「弟子」という呼称が、創作の世界ではそぐわないことが分かるはずです。

●――知識や理論で句を作ることはできない

入門書や川柳教室では、まず、「川柳の歴史」「川柳の三要素」「川柳味」などに加え、様々な「心得」が出てくるでしょう。これ等のことは川柳の基礎知識として学んでおくべきことではありますが、句を作るときには役に立ちません。このような知識や理論に頼って句を作ることは出来ないのです。今、作ろうとしている作品が「三要素」に合致しているのか、「川柳味」があるのか、などと「知識」に照らし合わせて逡巡していては、一句も作ることができません。知識とか理論は、ひとまず横へ置いて、自由に作ってみることです。守るべきルールは、ただ一つ、「五・七・五の十七音にまとめる」ことだけです。この「十七音」を「定型」と言い、定型から外れたものを「破調」といいますが、どの程度までの破調を許容するかについては、後で詳細に検証します。

美術専門学校や芸大で学ばなくても絵は描けます。同様に鉛筆とノートがあれば句を作ることが出来ます。既成の理論に囚われず、「想ったこと、感じたことを率直に」五七五にまとめてください。それが作句の「出発点」であり、長年の修練を経て得られる「極意」でもあります。

No.003

良い川柳とは?

●――良い川柳は、強いエネルギーを持っている

皆さんの中で、「あぁ、いいなー」とか「うぁー、面白い!」と、感動した句に出合ったのがきっかけで、川

柳の門を叩いた人もおられるでしょう。そのように、人のこころを揺さぶるエネルギーを持っている句は、間違いなく「良い川柳」です。良い句は、読んだ人の生き方を変えてしまうほどの強い力を持っているのです。残念ながら、私はそのような劇的なきっかけで川柳に目覚めたのではありませんが、今まで歩んできた道中で、数多くの感動的な句に巡り合いました。

敗けた国宮城道雄の琴が鳴る　柴田　午朗

川柳を始めて数年経ってからこの句に出合いました。その時の感動は今でも覚えています。「これが川柳か！　凄いことが言えるものだなー」と、しばらく茫然としました。それまでの私は、「ちょっとした趣味」とか「暇つぶし」ほどの気持ちでやっていたのですが、この句に出合って、「川柳という文芸は、一生をかけて取り組む値打のあるものだ」「よしっ、もっと本気になって取り組もう」と心を新たにさせられました。

良い川柳は、体験と体感から生まれる

デパートの椅子でうたた寝して帰る　古川　奮水
縄跳びに飛び込むために首を振る　上山ヒサヲ
寝ころべば青い空から降るさくら　宮埜　成仁

右の三句、いずれも嘘とか作り事ではなく、作者が「実際に体験したことを詠っている」と分かるはず

です。デパートの椅子でうたた寝したことがある人は、自分の姿を重ねて苦笑するでしょう。また、しばらく縄跳びなどしていない人でも「あぁ、ほんと、首を振るねー」と共感します。お花見の茣蓙に寝転がって花びらを受けたことがない人も、体験者の心情が表れている句を読むことによって、その情景を共有することができます。

エプロンでちょっと庇える秋の冷え　渡部さと美
履き心地違って分かる他人の靴　仲村　陽子
ふらつきに気づく程度の酔い心地　小佐野昌昭

先ほどの三句が体験から生まれたので「体験句」と呼ぶとすれば、これは作者自身の身体が感じた「体感句」とでも言えるでしょう。「ちょっとした寒さ」や「靴の履き心地」「ほろ酔い加減」など、誰もが感じたことがありながら、すぐに忘れてしまう感覚をしっかり書きとめています。作り事ではなく、作者が実際に感じたことですから、読む人の心に響く強い力を持っているのです。そして、いずれも、最初の項目で説明しました「川柳の目標」である「今の自分の姿、今の自分の想い」を詠《うた》っていることに注目してください。

●――自分が感動すれば、自分には良い句である

掲出した句について、「この句は響いてこない」とか、「この句には共感できない」という方もおられる

でしょう。それは、あなたの感性が鈍いのではありません。また、理解力が弱いわけでもありません。人はそれぞれ性格が違います。育ってきた境遇も、現在の生活環境も異なります。物事に対する考え方や思想、宗教観なども異なります。そして、川柳に対する考え方、いわゆる「川柳観」が異なります。そのような多様な人間が、全員一致して感動する句などは有り得ません。

句会や大会で、複数の選者が同じ句を選ぶ「共選」という方法があります。大会などでは選者二人の共選が多いのですが、誌上大会では四人以上の場合もあります。共選を受けた経験のある人はご存じでしょうが、複数の選者が揃って秀吟に推す句は極めて稀です。一人の選者が「天位」に選んだ句が、他の選者では「没」ということも珍しくはありません。

このような事例が示していますように、「良い川柳」を測る基準や条件などはありません。自分が感動した句が、自分には良い句なのです。敢えて測る基準を挙げるとすれば、「多くの人のこころに響く句」と言えるでしょう。本当は、「すべての人のこころに響く句」と断定したいのですが、先ほど述べましたように、そのような句は有り得ないのです。

●——良い川柳を作ろうと意識するな

良い川柳について述べておきながら「良い川柳を作ろうと意識するな」とは矛盾しているようですが、「こうすれば良い句ができる」という便利な虎の巻はどこにもありません。「良い句を作ろう」と意識しますと、肩に力が入って、のびやかな味のある句は生まれません。先に挙げた句はすべて、作者自身の「体験」と「体感」を素直に表明しているだけです。作句に際しては、良い句を作ろうという欲を捨てて、「経験したこと、感じたこと」を素直に、五七五にまとめればいいのです。

自分の作品の良し悪しを判断するのは、ベテランでも難しいことですから、初心者には至難です。自選する力が不足しているにもかかわらず、「良い句を」という意識だけが先走っても、鉛筆を握って迷うだけです。当分の間、良否の評価は他人にまかせて、恐れずに作り続けてください。そのうちに、自分の作品に対しても見極めが出来るようになってきます。その力が付いてから「もっと良い作品を」と意識して向かえば良いのです。

No.004

うまい川柳とは?

うまい川柳は、悪い川柳なのか?

前項の「良い川柳」の「良い」も、今回の「うまい川柳」の「うまい」も、一般的には褒め言葉ですが、文芸作品の評価に対して使われたときは、少々ニュアンスが違ってきます。「良い」は文字通りの賛辞ですが、「うまい」は皮肉として使われることがあります。例えば、「うまく作ってはいるが…」のあとに、次のような言葉がついてきます。

①気の利いた言葉を使っているだけ。
②よく言われていることを言い直しているだけ。
③ことわざや格言を言い直しているだけ。
④比喩がうまいだけ。
⑤実感の伴わない机上作品である。

等など、文芸の世界では、「うまい」という評価は、素直に褒めているのではなく、否定的な意味で使われることが多いようです。しかし、そのことを承知した上で、敢えて、「うまい川柳は、悪い川柳ではない」と申し上げます。初心者の皆さんは、これから進んで行く川柳の道幅を狭めてはいけません。最初から、「このような作り方は駄目」という制約を設けますと、そちらの方にばかり注意が偏って、自在な発想が妨げられます。自分自身が「まだ初心者である」と思う間は、評価などは気にせず、自由に作れば良いのです。

ただ、右に掲出しました①～⑤の項目につきましては、頭の隅に留めておいてください。経験を積んで、一応の作句力がついてから、「うまく作っているつもりなのに、どうして評価が低いのか？」などと、疑問が生じたときに振り返れば反省の指針となるでしょう。

●――うまい川柳は、論理的に作り出される

「うまい川柳」を肯定的に捉えるならば、「良い川柳」と同じ項目で説明すればよいのですが、このように分けているのは、作り方に違いがあるからです。どのように違っているのか考察してみましょう。

右脳と左脳は、それぞれ役目が異なると言われています。

・左脳の役目＝論理的な思考・分析能力・観察能力・数学的思考

・右脳の役目＝直感的に感じる・感情・想像力・創造力・イメージ

等など。実際の脳の働きはこのように単純なものではありませんが、端的に言いますと、「左脳は理性」そして、「右脳は感性」を司っているようです。しかし、日常生活では、「あっ、左脳で考えている」とか、「今、右脳が感じた」などと分析することはありませんので、分けて考察することに大きな意味はありません。発想の違いとか、作り方の違いなどを説明するために、便宜上分けているだけであるとご理解ください。

良い川柳は、「忘れ得ぬ体験」や「触発された感覚」を正直に述べることによって生まれていることを前項で検証しました。対して、うまい川柳は、「独自性のある考え」を述べることによって生まれてきます。いや、「生まれる」というよりも、左脳によって、「論理的に作り出される」と表現したほうが適切でしょう。

我が子だがその半分は時代の血　居谷真理子

理解し難いところのある最近の若者の姿を、身近な「我が子」を対象として見据え、冷静に分析していま す。その結果、「半分は時代の血」という、独自性を持ちながらも共感度の強い見解を生み出しています。

双方の意見を聞けと耳二つ　三浦　強一

先ほどの「時代の血」と比較しますと、独断的で飛躍した論理ですが、多くの人を納得させる力があり ます。この句の形が「説教ではなく自省を含んでいる」ために、読むものの心に素直に響いてくるのです。

付き合いは挨拶程度昼の月　谷口　義

昼の月をぼんやり眺めているだけでは、このような句は生まれません。昼の月と自分との関係を客観的に考察することによって、「付き合いは挨拶程度」という、具体性のある、分かりやすい表現に辿り着いています。

ため息はよそうミイラの顔になる　堀尾すみゑ

夕焼けが似合うダチョウのつらがまえ　池見　静男

「ミイラの顔」という適切な比喩。そして、「ダチョウのつらがまえ」に対する鋭い観察眼。共に、対象とする「顔」を分析し、独自の見解を述べています。その見解は意表を突いていますが、比喩と観察眼が確かであるために、ひとりよがりに陥ることなく伝達性を保っています。

●―うまい川柳は、意識しなければ作れない

前項では、「良い川柳を作ろうと意識するな」と述べました。対して、うまい川柳は、「作ろう」と意識しなければ作ることができません。対象を見つめ、発見した事柄に対して知恵を絞らなくては、オリジナルな見解にたどり着くことはできないのです。

頭を使うのは面倒であり、難しく思われるかもしれませんが、「体験や体感」に比べますと対象は無限にあります。この世に存在するすべてのものは、何かの原因があって生まれてきたのであり、何かの必要に迫られて創り出されたものです。その原因や必要性、存在価値などに対する常識や定説をそのまま納得するのではなく「もっと他に考え方はないのか」と頭を巡らすことから川柳は生まれます。「常識に閉ざされた世間に新しい考え方を示すこと」また、「見捨てられている小さなものに新しい価値を見つけること」は、川柳作家の本分であり使命でもあります。

本稿では、「独自の見解」を強調していますので、難しく感じられたかもしれませんが、簡単にまとめますと、「誰も言ったことがないこと」を「ひとりよがりではなく、共感性のある見解で」まとめるだけでよいのです。誰も考えていないことを、世界中で初めて表明することは、とても価値のある仕事であり、創作の醍醐味でもあります。

洒落や言葉遊びは別の道である

No.005

なぜ洒落を使ってはいけないのか?

洒落というのは、ご承知のように、「言葉の同音を利用した、気の利いた文句」であり、駄洒落とは、「つまらない洒落」のことです。駄洒落を連発されると辟易しますが、タイミングの良いうまい洒落は笑いを誘って会話を弾ませ、好感の持てるものです。また、洒落が「気の利いた文句」であれば、川柳に使っても良いような気もします。しかし、現代川柳では、うまい洒落も駄洒落も、すべて退けられています。すでに、洒落を使ってはいけないという指導を受けた人もおられるでしょう。しかし、「指導されたから従う」のではなく、「なぜダメなのか?」を追及し、納得しなければ勉強にならず、自分の力にはなりません。「なぜ?」と考察するプロセスが何よりも重要です。

「考える」というプロセスを経ぬ「押しつけられた結論」は、それ以上発展しません。自らが考えて辿り着いた結論の基には、取捨した多くの筋道が存在しますから、応用が利き、更に深く考察を進めることができます。そして、そこから、新しい価値観が生まれてくる可能性もあります。芸術や文芸に行き止まりはありません。押しつけられた結論を鵜呑みにしているだけでは、先輩を追い越すことも出来ません。

それでは、なぜ洒落を使ってはいけないのかを考えていきましょう。

①語呂合わせの面白味を狙っているだけ。
②ウケを狙っているだけ。
③いわゆる「一発芸」であり、再読する気にならない。
④にんげんの喜びや哀しみが表れていない。
⑤作者の想いや独自の見解が入っていない。
⑥言葉遊びは文芸ではない。
⑦川柳を狂句に戻してはならない。

人によって考え方や感じ方は多少違うでしょうが、だいたい右のような理由で嫌っています。①から⑤までは明快で、説明する必要もないと思いますので、⑥と⑦について検証します。

●言葉遊びは文芸ではない

川柳と洒落を比較しますと、その発想や作り方に大きな違いがあります。良い川柳とうまい川柳につきましては、前項及び前々項で詳しく述べていますので、おさらいを兼ねて簡単にまとめますと、

①自分の体験したことや体感したことを率直に述べる。
②対象を見つめ、発見した事柄に対して独自の見解を述べる。

というのが大きなポイントでした。いずれも、自分自身を含めたにんげんを見詰め「にんげんとは何ぞ

や を詠う」ことは共通しています。そして、そのことは、文芸最大の命題でもあるわけです。

一方、洒落は、単なる「言葉さがし」の遊びであって、探し当てた同音異義の言葉を組み合わせるだけの作業は文芸とは言えません。いくらうまく組み合わせても、言葉遊びはその場限りの面白さだけであって、多くの読者を感動させ、想いを広げることはできません。

日本語による「言葉遊び」は、洒落の他にもたくさんあります。よく知られているものでは、「早口言葉」「しりとり」「回文」「アナグラム」「創作熟語」など、最近では、メールなどの誤変換の面白さを比べ合う「誤変換大賞」なども出てきました。これらの言葉遊びも、大きく括りますと「言語・文字文化」の範疇に入るかもしれません。また、その面白さや効用を否定するものではありません。知的な遊びを通じて日本語の語彙の豊かさを知ることができ、脳の活性化にもつながるでしょう。しかし、「言葉遊び」は、あくまでも「遊び」であり文芸ではありませんから、川柳に使ってはならないのです。

今までに、「川柳の道幅を狭めないように」と述べてきましたが、ここで「川柳に洒落を入れてはならない」と、一つの「ダメ出し」をしました。これは、川柳の道幅に制約を設けようとしているのではありません。言葉遊びは全く別の道（別のジャンル）ですから、「向こうの道は違いますよ」という標識です。そして、そのことをしっかり理解していましたら、川柳を作るのとは別に、日常会話に洒落を使ったり、回文を作ったり、言葉遊びを楽しむのは一向に構わないのは当然です。

●川柳を狂句に戻してはならない

川柳の源流である「誹風柳多留」の初篇から二十四篇までは、初代の柄井川柳が選句しており、その文芸的価値は現代でも広く認められています。しかし、五代目あたりになってきますと、「柳風狂句」と称して、駄洒落や語呂合わせを含め、ウケだけを狙う下品で低俗な句まで出てきました。このような、川柳にとって甚だ不幸な時代は、明治三十年代の後半に阪井久良伎や井上剣花坊が、狂句から本来の川柳に立ち戻ることを提唱するまで、約百年も続きました。現代でも、「川柳は単純に笑わせるだけ」とか、「川柳は品位に欠ける」などと誤解している人がいるのは、この百年間に広く染み渡ったマイナスイメージが残っているためです。川柳を再び「狂句」に戻したくないのは誰しも同じでしょう。

〈ワンポイント・アドバイス〉

本稿の最初に、「考察のプロセスこそ重要」と述べました。しかし、いくら考えても、記録しておかないとすぐに忘れてしまいますから、作句帳とは別に記録帳を用意してください。思いついたことや、再読すべき重要な記事、感動した句（作者名も付記しておくこと）、読みたい句集、など等、こまめに何でも記録しておくのです。そのような「川柳に関して考えたことの断片」は、すぐに役に立つものではありませんが、必ず、あなたの作品を育てる豊かな土壌になります。

自粛すべき言葉

No.006

表現の自由は保障されている

自分の想いを表現する方法はいろいろあります。文芸、絵画、彫刻、写真、映像、音楽、演劇など等、そして、これらの枠組みを超えて組み合わせたものなど、数え切れないほどあります。このような表現手段は、すべて日本国憲法によって保障されています。憲法第二十一条一項には、「集会、結社及び言論、出版その他一切の表現の自由は、これを保障する」とあります。続いて二項には、「検閲は、これをしてはならない。通信の秘密は、これを侵してはならない」となっています。私たちが志している文芸は言葉と文字を使用して表現します。従いまして、基本的には、どこからも言葉や文字を制約されることはありません。また、誰からも検閲を受けることはありません。本論に入る前に、まず、このことをしっかり胸に刻みつけておいてください。

言葉に敏感であれ

表現は自由であるからといって、あなたの作品によって他者を傷つけることは避けなければなりません。言論の自由は憲法で保障されていますが、実生活では各種の法律で規制されています（例えば、名誉毀損罪は、刑法第二百三十条で規定されています)。言葉の暴力は腕力よりも深く人を傷つけることがあります。言葉を用いて表現する私たち川柳作家は、一般の人たちよりも言葉に対して敏感でなければなりません。「一般的に使用されていても、自分には許さない」「低俗な流行語を安易に受け入れない」という凛とした姿勢を持つことが大切です。

うざい きもい これが日本語なのですか　田中　みね

右の句を読んだとき、「この作者もウザイとかキモイが嫌いなのだ」と、とても共感しました。私も嫌いです。この言葉には、「他者を攻撃する意図」「他者をさげすむ悪意」が感じられます。そして、仲間だけに通じればよいという隠語的な省略が不快です。

このような言葉も、最初は「嫌い」と思っていましても、慣れてきますと何とも思わなくなってきますから、慣れてはいけません。初めて耳にしたときに「いやだなぁ」と感じたことは、あなたが言葉に対して敏感である証です。その感覚を失くさないように気をつけてください。

●――質の悪い言葉を見抜く

言葉(単語)が作られた経緯はさまざまですが、その中に「自らを優位に置いて、他者を差別するために作られた言葉」とか、「他者をさげすむことだけを目的として作られた言葉」があります。そのようなものは「質の悪い言葉」です。先ほどの「うざい」とか「きもい」もこの類です。次項で箇条書きしています放送自粛用語や出版自粛用語も同じです。あなたの健康で正常な感覚によって、このような言葉が内蔵している悪意を見抜いてください。

言葉は刻々と変化していきます。これからはその流れが速くなり、略語や新しい言葉が次々と生まれてきます。それらの言葉を漫然と受け入れるのではなく、「この言葉はどのようにして作られたのか?」「この言葉の意図するものは何か?」「この言葉で傷つく人は誰か?」などを考え、「質の悪い言葉は使わない」というしっかりした見識を持って対処しなければなりません。

また、新しく作られた言葉だけではなく、古い因習から生まれた言葉、身体の特徴を示す言葉などに対しても注意が必要です。日常の会話で聞くことは稀ですが、他者を誹謗する中で密やかに使用されることがあります。参考のために、そのような忌避すべき言葉を次に挙げておきますので、誤って使用せぬようにしてください。

放送自粛用語・出版自粛用語

放送業界や出版業界では、「差別的な言葉」や「侮蔑的な言葉」そして、「卑猥な言葉」を規制しています。放送禁止用語とか出版禁止用語と呼ばれているものですが、これは、公権力によって強制的に規制されているものではありません。あくまでも各社が自主的に規制しているものですから、「禁止」というよりも「自粛」と表現するほうが正確でしょう。ですから、本稿では「放送自粛用語」「出版自粛用語」と記します。この自粛用語には決まったリストなどはなく、各企業によって多少異なります。その主なものを挙げてみましょう。

【身分関係の差別語】

被差別部落、特殊部落、エタ、非人、不可触民、など。

【民族・国際関係の差別語】

土人、毛唐、チャンコロ、チョン、黒んぼ、ニグロ、あいのこ、など。

【職業関係の差別語】

土方、女中、百姓、乞食、ルンペン、など。

【身体的な差別語】

めくら、つんぼ、おし、かたわ、ちんば、きちがい、せむし、など。

【性的な差別語】　ホモ、おかま、など。

【その他の自粛用語】　猥褻な言葉、汚い言葉、隠語、など。

自由には責任が伴う

特定の言葉を使用するか否かの判断は、自らの責任で下さなければなりません。「放送自粛用語だから避ける」とか「みんなが駄目だと言うから使わない」ということでは「自由な表現」になりません。「なぜ駄目なのか」を考え、自らの意思で結論を出すのです。それが「自由」ということです。そして、当然のことながら、いかなる自由にも責任が伴います。しっかりした倫理観と良識に基づき、他者を傷つける作品は作らないという責任です。

避けるべきこと No.007

個人攻撃

わたしたちは多かれ少なかれ欠点を持っていますから、日常生活のちょっとした行き違いからさまざまな軋轢が生じます。中には強引に我を通したり極端な行動をとる人もいます。そのような常識はずれの言動に対して、激しい苛立ちを感じることもあるでしょう。しかし、どれほど腹が立っても個人の名前を挙げて攻撃してはいけません。

溝掃除手を汚さないひと一人　大橋　啓子

作者の近所に住んでいる人が右の句を読めば、どの人のことを言っているのか推定できるかもしれませんが、この程度の批判は構いません。どこの町内にもこのような身勝手な人はいますから、読者も理不尽な攻撃と受け止めることはなく共感できるからです。

腹立ちや憎しみ、あるいは、妬みや僻みという負の情熱は、そのまま抱え込んでいると心身ともに疲れてしまいます。腹立ちから生じたエネルギーを報復に向けるのではなく創作意欲に変換しましょう。腹立ちの原因となっている言動を「個人の欠点」というレベルではなく、「にんげんの弱さ」「にんげんの哀しさ」として冷静に詠いますと、多くの人から共感を得られる普遍的な作品に昇華することができます。また、自分にも同じような欠点があるのですから、不愉快な相手を自分に置き換えて、自分のこととして詠えば自省的な句になります。

●――特定の企業への攻撃

不正を行ったことが明確な企業に対して、その不正を糾弾するのは構いませんが、いわれのない攻撃は信用毀損罪や業務妨害罪（刑法二百三十三条）に問われる場合がありますから注意しなければなりません。逆に、特定の企業を宣伝するのも控えてください。

ただし、企業や業界団体が宣伝やイメージアップのために募集する川柳では、その企業や商品などを持ち上げる内容になるのは止むを得ません。そのような、スポンサーの存在が明確に分かっている作品に対しては、読者のほうも文芸作品というよりもキャッチコピーのつもりで読みますから問題はありません。

特定の政党への攻撃

あなたがAという政党の党員や支持者であれば、A党の政策に反対するB党を快く思わないのは当然です。そして、あなたの表現手段である川柳によってB党を攻撃してみたいと思うかもしれません。しかし、政治思想は、どちらが正しいというものではなく、「支持するか、支持しないか」ですから、あなたが支持する党が正しく、支持しない党が間違っていることにはなりません。その思想や政策が異なるというだけの理由で、特定の政党を攻撃するのは避けるべきです。

美しい国を汚している政治　平田　実男
なるほどと聞いている間に貧富の差　牧渕富喜子
考えるポーズがうまい議員席　小塩智加恵
議事堂のシーラカンスや山椒魚　但見石花菜

特定の政党に対する攻撃は避けるべきですが、一党一派に偏らず、一市民の立場で政権や政策そして代議士などを、右のような表現で揶揄することは一向に構いません。また、首相や大臣など責任ある立場の公人を批判する場合には実名を入れることがあります。このような「時事吟」は川柳の重要な主題の一つですから、創作方法などを含め、項を改めて詳しく考察します。

特定の宗教への攻撃

イデオロギーと同じように、宗教も「信じるか、信じないか」の問題です。信じていない人から見れば疑わしく思われる「神」であっても、信じている人にとっては侵すべからざる神聖なものであり、信教の自由は憲法で保障されていますから、法律を順守している限り軽はずみに批判することは許されません。

留守番へエホバの人が話し込む　奥田　勝子

右の句、「エホバの人」という表現によって、特定の宗教団体が推定されます。しかし、句の内容にはその教団を攻撃する姿勢はありません。興味のない人に対する熱心な信者という、少しユーモラスなのんびりした構図が浮かんできます。それがこの句の面白さであり、作者の意図するところです。信者が熱心に「話し込む」という表現に少しばかりの揶揄を感じますが、この程度の批判は許容範囲と考えます。

気が向かぬときは仏壇おがまない　橋田　滝

神棚がないので御札ことわれる　鹿田まさお

祈るのはどちらにしよう神仏　永井　玲子

右の句、いずれも神仏を軽んじた表現であり、信仰心の篤い人たちからは「バチアタリが！」と叱られるかもしれません。しかし、先ほどの句と同じように、宗教を糾弾するという意図はありません。「気が向かぬときには拝まない」ということは、「気が向いたときは拝む」ということ。また、「御札なんか要らない！」と強く拒絶するのではなく、「神棚がありませんので」という気弱な言い訳。そして、神仏どちらにも頼りきれない中途半端な信仰心。など、神仏に対する自分の気持ちを正直に表しています。このように、特定の教団や神仏を攻撃するのではなく、その存在が証明できないあやふやさを見つめ、「神仏にかかわるにんげんの弱さや面白さ」を詠えば良い作品が生まれます。

二者択一の世界

にんげんは皆よく似たものですから、「今の自分を詠う」ことは、「今のにんげん」を詠うことになります。自分のことを詠っているにもかかわらず、読者に共感と感動を与えるのは、自分の想いに普遍性がある証です。川柳の重要な要素の一つは普遍性です。すなわち、にんげんに共通する面白さや哀しさを詠うことです。

しかしながら、政治思想や宗教は、「支持するか、支持しないか」あるいは、「信じるか、信じないか」という二者択一の世界です。信じる人には絶対的なものであっても、信じない人には価値のないものです。肯定する立場から詠えば単なるプロパガンダ（宣伝）であり、否定する立場から詠いますと、結社の自由や信教の自由を侵すことになります。

文芸は多数決で物事を決する世界ではなく、二者択一を迫る世界でもありません。片隅のつぶやきに耳を傾け、少数の発言や異論を尊重する世界です。このような懐の深い文芸が二者択一の世界と相容れないのは当然のことですから、川柳の素材としては避けたほうが賢明です。

猥褻な表現

文芸はあらゆるものを対象としますから、本能の中でも強烈なエネルギーを持つ「性」を無視することはできません。当然のことながら、多くの文芸作品の中で取り上げられています。しかし、川柳はわずか十七音ですから、小説のようにストーリーを展開する中での性愛描写などはできません。どうしてもその場面だけを切り取った形にならざるを得ませんから露骨さが際立ってきます。にんげんのことなら何でも的確に表現できる川柳ではありますが、猥褻にならないように情交を表現するのは至難です。しかし、具体的な場面を描写するのではなく、次のように自らの心模様を述べることによってしっかり詠いきることができます。

抱かれたら治る程度の五月病　石井　富子
口づけをせがんでみたい夜もある　大越　英子
男の匂いもう忘れたよザクロ割る　松本　文子

いずれも大胆な表現ですが不快には感じません。むしろ、率直な言い方が清々しく、快活であろう作者の人柄までしのばれます。川柳で性愛を詠う作品のありかたを示す好例です。

表現は自由、挑戦するのも自由

避けるべきことについて述べてきましたが、表現の自由を縛ろうとしているのではありません。また、「避けるべきことであるからこそ挑戦してみたい」という意欲を否定するものでもありません。難しいことに挑む精神こそ創作の可能性を拡げる原動力です。二者択一の世界に斬り込み、その独断性を糾弾するのも結構です。また、十七音で情欲の世界を描こうとするのも構いません。しかし、個人のこころや名誉を傷つけないこと、結社の自由、信仰の自由を侵さないこと、そして、読者に不快感を抱かせないことを前提としてください。

そして、もし、壁にぶつかったときは、必ず「自分を詠う」という羅針盤の存在を思い出してください。この講座で最初に取り上げた項目は、「何のために川柳をするのか」ということでした。そして、「今の自分の姿、今の自分の想いを表明する」ことを目標として掲げました。どのような苦境に陥ったときでも、前進する気力と自信を取り戻させてくれるのは、この明確な羅針盤です。

Ⅱ

作句の心得

自分を観察する

No.008

こころを動かす

川柳を始めて間もない人から「何を書いたらいいのか分からない」という声を聞くことがあります。中級者やベテランの中にも、「句ができなくなった」「発想の種が尽きた」と弱音を吐く人がいます。川柳は自分が感じたことや、想ったことを素直に五七五にまとめるだけでいいのですが、その、「感じる」とか「想う」という「こころの動き（感動）」の種は、変化に乏しい日常の中ではなかなか転がっていません。

句を作ろうという意識もなく、ぼんやりしているときなどにポッカリ浮かんでくることがあります。そのような、作為なく生まれた句は案外良いものですが、なかなかその「ポッカリ浮かんでくる」が出てきません。

感動とかポッカリは自分の意思で生じるものではありませんから、いくら「感動がほしい」とか「ポッカリ浮かんでほしい」と念じても、思い通りにはなりません。

待っていても動かないなら自分で動かすようにしましょう。自分の意思で、こころに動きを生じさせる方法の一つは「観察」です。周囲を注意深く見ることによって、何かを発見することができます。その「発見」こそ「こころの動き」そのものですから、見つけたことをそのまま忠実に書き写せばよいのです。

自分の行動

観察の対象は無限にありますが、一番身近なものは自分自身です。自分の日頃の行動を客観的に見つめて、「ちょっと面白い」とか「他の人はやっていないだろう」ということ、また逆に「誰もが同じようなことをしているのではないか」などという行動を発見するのです。

目の玉を押して元気をつけている　三村　舞
公園のベンチに座るだけの午後　寺川　弘一
泣きもせず笑いもせずに部屋にいる　勝部　操子
昨日寝た時間ぐらいに今日も寝る　大東　豊子

右の句を読んであなたはどのように感じましたか？　「こんなことでいいなら、いくらでも書けそう」と思われたのではありませんか。そうです、こんなことでいいのです。自分の行動を振り返って、ちょっと気が付いたことを五七五にまとめるだけで立派な川柳になるのです。このような日常茶飯事のなんでもない句を、「報告だけだからつまらない」という先輩がいるかもしれません。良いとか良くないという評価は人によって異なりますから、気にせずにどんどん作ってください。駄作の山を築いてようやく佳作が一つ生まれてきます。野球選手なら三割バッターは大打者です。ベテランの川柳作家でも十句作った内に佳作が三句もあれば良いほうですから、初心者が一割に届かない打率であっても恥ずかしくありません。臆せず作り続けてください。

財産はないがきっちり戸を閉める　三宅　康夫

舌打ちをして足許のゴミ拾う　大嶋千寿子

連絡をしてゆっくりと遅刻する　赤松ますみ

誕生日テレビドラマに泣いて寝る　新貝　映柊

先ほどの句は、自らの行動に何の説明も加えず、ありのままを正確に描写しているだけでした。右の四句も率直に述べているのですが、「財産はないが➡戸締りはきっちりする」「腹は立つが➡拾う」「遅刻なのに➡ゆっくりする」「誕生日なのに➡泣いて寝る」と、作者の想いが込められています。作り方は少々異なりますが、どちらが良いと比較できるものではありません。どちらでも構いませんが「正直に述べる」ということが共通した姿勢であることを感じ取ってください。

●――自分の暮らし

行動と同じように、自分の暮らしぶりや寝起きしている部屋の状況などを冷静な目で振り返りますと、川柳の種を見つけることができます。

マルクスの消えて久しき書棚かな　末永せいじ

本棚の本の割には知恵がない　椎江　清芳

思い出を捨てねば家が片付かぬ　森脇美和子

おとなりと同じぐらいのゴミの量　丹羽　杏

似たような家で同じような暮らしをしていながら、やはり男性と女性の視点は異なるのでしょうか、本棚の本を眺めながら来し方を振り返っているのは男性。部屋の片付けや炊事から出るゴミに想いを託しているのは女性の作品になっています。いずれも、見つけたことに自分の想いを重ねているだけでありながら読者の多くが共感するのは、その「想い」が真実である証です。観察して詠うことの基本は、「事実を描写する」こと、そして「真実の想いを述べる」ことです。虚構の句を作りたければ観察する必要はありません。そして、虚構はどれほどうまく捏ね上げても、事実や真実の持つ力には及ばないのです。

●自分の身体

以前、「にんげんは皆よく似ているので、自分を詠うことは、にんげんを詠うことになる」と述べました。そのように、自分の身体を客観的に観察することによって、多くの人に共通していることを見つけることが出来ます。そして、見つけ出したことをそのまま五七五にまとめるだけで川柳になるのです。また、身体から発見したことに対して、誰も思いつかないような独自の考えを述べるとおもしろい句になります。

下半身芋の形で老いている　川本　畔

去年より小さくなって梅を干す　草地　豊子
来年はもっと短くなる背丈　高橋はるか
風通しあまりよくない耳の穴　松浦　寿彦
親切と思われにくい顔である　伊藤　紅白

右五句のうち、前の三句は、女性のみならず多くの人が頷く普遍的な句になっています。「洋梨の形」と言えば上品になるのに、謙遜した「芋の形」という比喩の面白さ。また、「去年より小さくなった」「来年はもっと小さくなる」という実感。いずれも、作者のことでありながら共感させられるのは、作りごとや嘘ごとではない実感句の力です。

後の二句は、発見した事柄に対して作者独自の考えを述べています。頭の右と左に穴があいているにもかかわらず「風通しが良くない」という見解。そして、自分は親切なのに「顔によって親切と思われにくい」という悲観的な断定。誰も考えたことがない意表を突いた見解や断定によってユニークな句に仕上がっています。このような独断的な言い方は、多くの人の共感を得るという点では前の三句に及びませんが、読者に与える印象は強烈なものがあります。

●――自分のこころ

今、あなたが考えていることを他の人は知りません。知りたいと思っても知ることはできません。しかし、あなたは自分の心の中を覗くことができます。あなたのこころに浮かんでくる様々な「想い」は、あなた一人だけの素材です。

仕事や家事をしながら自分の行動や身体を意識して見つめることは難しいものですが、こころの動きは一瞬で掴まえることができます。しかし、形のあるものは見つめ直すこともできますし、写真で記録することもできますが、こころの動きは消えてしまったらそれっきりです。ふっと浮かんだ考えを逃さずにキャッチすることが大切です。

見返りがあるか一瞬かんがえる　藤原　鬼桜
目を閉じて許すことばを考える　遠山あきら
うなずいてはいるが納得していない　青砥たかこ
少々の小言ぐらいじゃ変われない　中平　亜美

それぞれ作者自身のこころの中を正直に述べています。見返りがあるか一瞬たりとも考えたことがないという人は稀でしょう。許すということの難しさと大切さ。釈然とせぬまま頷いていることがあるのも、少々叱られたぐらいで変われないのも、誰しも同じです。

このように、自分のことを川柳の素材とするときは、恥ずかしがらずに正直にさらけ出すのが肝心です。自分の欠点や負の想いを表明するのは勇気が要りますが、どのような文芸であっても勇気なくして優れた作品は生み出せません。恥ずべきことや悪いことを考えたことがないという人はいません。にんげんは善いことも考えますが、よこしまな思いも浮かぶものです。善行を重ねている人でも少しぐらいは妬んだり怒ったりすることはあるでしょう。そのような様々な考えや行動の「善いこと」を対象にしてもいい句にはなりにくいものです。自分の善行とか善い考えを句にしても、他人から見ると自慢にしか感じられません。もちろん、これは「自分の善行」に限ったことで、他者の善行などは表現の工夫によって、ほのぼのとした味のある句になります。

No.009

自分以外のものを観察する

発見は「今の自分の想い」である

前回は自分を見つめました。今回は目を外に向けて、にんげんや街角、そして物体や生物などを観察してみましょう。

自分以外のものに目を向けるのは「今の自分の姿、今の自分の想い」という目標から外れるような気がするでしょうが、そうではありません。

前項の「こころを動かす」において「発見こそ、こころの動きそのもの」と述べています。「こころの動き、イコール自分の想い」ですから、自分以外を対象としていても、発見は「今の自分の想い」になります。

カメラマンは注意深く観察して、「これだ！」と、こころを動かされた時にシャッターを押します。そして、優れた写真からは、シャッターを押したときのカメラマンの感動が伝わってきます。川柳も同じです。観察した対象を正確に描写することによって、自分が感じたこと（そのときの自分の想い）を伝えることができます。こころを動かされていないのに、無理に作った句は読者も感動しません。作者が感動していない作品で読者を感動させることはできないのです。

●――にんげんたち

本能に基づく欲望の大きなものは食欲と性欲、そして睡眠欲や集団欲があります。このような欲望は他の動物も持っていますが、にんげんはこの他に、物欲、金銭欲、名誉欲、権力欲、自己顕示欲など等、数え切れないほど多くの欲望を抱えています。加えて、感情という厄介なものも持っています。しかし、そのような欲望や感情をコントロールしようとする理性を持っているのもにんげんです。欲望や感情に流されまいとする理性、そして、理性を押し潰そうとする欲望と感情。この葛藤こそ「おもしろさの発生源」であり、葛藤に揺れ動くにんげんの姿を見つめることによって、川柳の素材を発見することが出来ます。

のどぼとけ上下している反対派　持田　俶子

二時間もしゃべった後の頼みごと　樋口　輝夫

烏賊好きの男ひたすら烏賊を噛む　田鎖　晴天

このまま黙っているわけにはいかないという感情と、自重すべしという理性が、のどぼとけの辺りでせめぎあっている反対派。頼みごとを「いつ切り出そうか」と悩みながら延々と無駄話をする人。そして、食欲に征服されてしまっている烏賊好きの男。いずれも、にんげんの姿や行動を冷静に観察し、ありのまま述べていますから、情景が明確に伝わってきます。そして、それぞれユーモラスな句ですが、その底に僅かなペーソス（哀愁）が漂っています。感情や欲望という強力なエネルギーに対する脆弱な理性という構図は、にんげんの哀しさの原点であり、そのことを詠った作品には、作者が意図していなくても、どこかもの哀しいところが含まれてくるものです。

世話やきは宴の半ばでゴミ集め　浅原　楢一
汗かかぬ人がテープをカットする　青枝　鉄治
銃よりもギターの似合いそうな兵　永田ふき子

呑兵衛たちがワイワイ楽しんでいる横で、ゴミを集めるせっかちな世話やき。懸命に働いた人たちを尻目に、開通のテープ切る白い手袋の人たち。まだ幼い面影の残る兵士。等など、私たちは日常の暮らしの中だけでなく、テレビニュースなどを通しても、いろいろな人物に出会うことができます。しかし、それぞれの姿や行動をぼんやり見ているだけでは何も発見できません。こころに生じたちょっとした違和感、しっくりせぬ感覚を見逃さないことです。個人のアラ探しをするという姿勢ではなく、「にんげんの弱さ」から生じる「当たり前ではない行動」に目をつけるのです。そのように意識して観察する習慣を身につけますと、人物を見る目（川柳作家としての目）も自然に養われてきます。

尻の肉萎びて兄も歳をとり　　吉崎　柳歩
道で会う母はほんとに老いている　　川崎ふみ子
先輩もお歳を召してきた手つき　　松本　忠三

右三句、それぞれ、兄や母や先輩の姿を見て「いたわしい」という想いが生じたからこそ句にしたのですが、その感情を述べるのではなく、「尻の肉」「道で会う母」「手つき」と、作者が見つけたことを具体的に表現しています。その具象によって、人物の体つきや行動が読者にも分かり、作者の「いたわしい」という気持が伝わってきます。

●──にんげんが作ったもの

「にんげんのおかしさや哀しさ」などは、私たちの姿だけではなく、見慣れた風物にも多く潜んでいます。にんげんの知恵にも限界がありますので、作り上げた物の中には「どうしてこんな形？」とか、「これでいいの？」と首を傾げるようなものがあります。

バス停は向かい合わせに少しずれ　　大橋　啓子
広っぱにもう戻れない駐車場　　山本　修

多くのバス停は向かい合わせにありながら、位置がずれています。それは誰もが知っていますが、意識して認識せず、「当たり前」として見過ごしてきました。このように言われて、初めて「ああ、本当だ、ずれているねー」と気がつき、「なぜだろう?」と考えさせられます。

一句目は、作者が発見した事実をそのまま述べているだけですが、二句目は、発見したことに対して「作者の想い」を加えています。前者は客観的描写であり、後者は主観的描写です。素材が面白ければ客観的に、素材がありふれたものであれば独自の見解を述べるといいでしょう。

ごみ箱の紙がじわじわ立ち直る　辺　安子

旅人の風情で立っている案山子　柏原　夕胡

怖がらせないよう動く観覧車　橋倉久美子

そのまま見過ごしますと何でもない「紙くず」「案山子」「観覧車」に対して、それぞれ、「立ち直る」「旅人の風情」「怖がらせないよう動く」と、擬人化の手法で極めて主観的に述べています。いずれも独創的な見解ですので、同想の句が存在しない強みがあります。

●――自然

一般的に「川柳はにんげんを詠い、俳句は自然を詠う」と言われていますが、川柳でも花鳥風月を対象にすることは多々あります。

自分では横たわれない枯れた松　高尾久美子

真上から見ればやさしい山ばかり　嶋澤喜八郎
大笑いして散ってゆくチューリップ　山本　喜禄

枯れた松は「自分では横たわれない」という思い遣り。険しい山も「真上から見ればやさしい」という見解。花びらが外へ開いていく様を「大笑いして」という哲学的考察。それぞれ、我々にんげんと共通するものを見つけ、論理的に見解を述べて「うまい川柳」に仕上げています。
川柳でも俳句と同じように、対象を正確に写生することもありますが、このように、誰も考えないような「想い」や「見解」を述べますと、川柳独特の味、いわゆる「川柳味」のある作品になります。

●―― 生き物

にんげんが作った物体も自然も身近な川柳の素材ですが、ペットや昆虫などの生き物は、より一層わたしたちの暮らしにかかわっています。

気がついてほしい小犬の尾が動く　長尾　美和
しあわせな二匹つながり飛ぶとんぼ　松浦　寿彦
葬式もなくて蛙の白い腹　森脇　陽州
影ほどの重さで猫が死んでいる　木本　朱夏

作者の視線に共通するものは、生き物に対する深い共感、大げさにいえば「愛」です。動物や虫を毛嫌いしていたら、「気がついてほしい」とか「しあわせな」という想いは生まれません。また、生き物のいのちを軽く考えていたら、「葬式もなくて」や「影ほどの重さ」という想いも生まれてきません。

先入観は観察の敵

誰しも、自分自身は複雑な性格や感情を持っている多面体であると分かっていても、他者に対しては一面しか見ずに評価を下しがちです。そのような不正確な先入観は観察の妨げになります。それは、にんげんだけではなく動物や植物に対しても同じです。桜はきれい、黴は汚い、ウサギはかわいい、蛇は気味悪いなどという、頭に刷り込まれた固定観念を払拭しなければ新しい発見はできません。「先入観や固定観念を捨てろ」ということは、個性を殺せということではありません。同じ風景や同じにんげんを観察していても、そこから発見するものは、それぞれの個性によって異なります。偶然に同じものを発見したとしても見解は違ってきます。その違いこそそれぞれの個性そのものです。

「にんげんはすべて平等」は言うまでもないことですが、川柳作家はもっと突き進んで、「森羅万象すべて平等」という広いこころと、「何でも見てやろう」という旺盛な好奇心を持ちたいものです。

No.010

五感による発見

眼だけではなく

にんげんの感覚機能には「視覚」「聴覚」「味覚」「嗅覚」「触覚」など、いわゆる五感と呼ばれるものがあります。今まで述べてきましたのは、もっぱら「視覚」による観察でしたが、その他の感覚によって発見できることもたくさんあります。

しかし、残念ながら、にんげんの五感は野生の動物ほど鋭くはありませんから、対象を凝視しながら耳を澄ます、という芸当はむつかしいようです。例えば、樹木を見つめているときには鳥の声は遠くなり、鳥の声に耳を澄ますと樹木の姿は薄れてしまいます。

このように、五感を同時に働かせることは難しいものですから、「観察」となりますと、簡単に多くの情報をキャッチできる「眼」に頼ることになりがちです。視覚以外の感覚を忘れているわけではありませんが、視覚ほどには意識していないようです。従いまして、聴覚や味覚、あるいは嗅覚や触覚によって得られる情報は、川柳の素材としてはまだまだ未開拓の分野であり、新鮮な素材がたくさんあります。

耳でつかむ

視覚を失った人は他の器官に神経を集中しますので、見ることに頼っている人よりも聴覚は鋭くなっていくのでしょう。多くの人が聞いていながら気にとめていない音に想いを寄せています。

見えた日とやっぱり違う雨の音　　堀江　正朗

自動車がどちらから来る音を見る　　久田美代子

雨の音に耳を澄ましている作者は、戦争で負傷して失明されました。失明する以前に聞いた雨音と、光を失ってからの雨音の違いは、目が見える人には分かりません。その感覚は作者以外の人には分からないことですが、静かに詠われた感慨はこころを打ちます。

自動車の音に耳を澄ましている作者は、緑内障から失明されました。切実な実感から生まれた「音を見る」という表現は、小ざかしい理屈や常識を退ける強さを持っています。作りごとや嘘ごとの句が持ち得ない、真実の想いだけが持つ力です。

電子音こっちへ来いと言って鳴る　　松田　順久

電子音響きヒト科が退化する　　加藤　鰹

冬冴えて豆腐生まれる音がする　　たにひらこころ

真夜中のトイレの水はよく響く　　古久保和子

視覚に障害がなくても、少し耳を澄ますだけでさまざまな音をキャッチすることができます。洗濯が終ったときやご飯が炊き上がったときの「ピーピー」という音を、「こっちへ来い」と呼びつけていると感じる作者。そのようなものに頼っていると「にんげんは退化する」という作者。早朝の豆腐屋の奥から聞こえる物音を、「豆腐が生まれる音」だと言う作者。昼も夜も同じ排水音だと分かっているのに「真夜中はよく響く」と恐縮する作者。それぞれ、耳に意識を集中することによって、普段は聞き逃しているような音に気がつきました。そして、その音から触発された想いを述べて、共感性のある作品に仕上げています。

●——舌でつかむ

食べたり飲んだりすることは、暮らしの中でも大きな楽しみであり、日本には豊富な食材が溢れていますので、食物や飲食の句は数多くあります。しかし、味覚で得た感覚を言葉で表現するのはとても難しく、「味」そのものを主題とした作品は多くありません。

生きているあかし七味がまだからい　　佐伯　やえ
激辛のラーメン起爆剤にして　　徳田ひろこ
涙の味と同じちりめんじゃこを食う　　草地　豊子

七味が辛いのは生きている証という理屈。激辛のラーメンから貰う元気。涙の味とちりめんじゃこの味は同じだという意表を突いた見解。いずれも、「味覚」から得た考えを述べています。
同じように飲酒にまつわる行状とか感慨を詠った句もたくさんありますが、やはり「味」そのものを表現している作品は稀です。

ロゼワイン甘くテレビは自爆テロ　水野　黒兎
シャンパンはシャワーの味に星の味　星井ごろう
平熱に戻って酒は酒の味　篠原　伸廣

味の違う食材や酒が数え切れないほどある、ということは、川柳の素材が数え切れないほど存在するということです。家族で食卓を囲んでいるときに考え込むのはいけませんが、たまには舌と喉で川柳の種を探すのも楽しいものです。

●――鼻でつかむ

にんげんの嗅覚は個人差が大きく、高齢になれば感覚も鈍くなってきます。また、川柳の素材を探そうとして意識してニオイを嗅ごうともしませんので、嗅覚から得た句もあまり多くありません。

焼芋が匂う大東京の夜　早川　玲坊
若葉の香老いて行く身が切なすぎ　宝生　まり
牛蒡せんべいほんに牛蒡の匂いする　榊原　秀子

焼き芋が匂う大東京、老いて行く我が身に届く若葉のかおり、牛蒡の匂いがする煎餅、それぞれ、嗅覚から得た驚きと感慨です。私たちの周囲には、嗅覚で感じ取れないほどかすかなニオイもあれば、頭がクラクラするほど強烈なニオイもあります。これからは、「ニオイも立派な句の素材になる」と意識して、あらゆるものに鼻を向けてください。

なお、良いニオイとか自分の好きなニオイは「匂い」、嫌なニオイは「臭い」と書き分けることをお忘れなく。

●――身体でつかむ

触覚は自分が接触しなければ感じることができませんから、対象が極めて狭い範囲に限られます。が、日常生活で見慣れたものでも、手足や皮膚に神経を集中しますと、他の人が気付かない特異なものを発見できるかもしれません。

てのひらに桜見てきたうまい酒　堀江　正朗

手のひらに受けた花びらによって、目が見えた頃の桜をしのぶ作者。視覚を失った人もお花見が出来ることをこの句で知りました。飲んで騒ぐだけでは得られない、しみじみとした味のお花見です。

かぶと虫死んだ軽さになっている　大山　竹二

スリッパで踏んでしまったごはん粒　辺　安子

赤ちゃんの手に触れ心癒される

阪口洋之助

同じカブトムシでも、生きているのと死んでしまったのでは、なんとなく重さが違います。物理的な重量差は僅かですが、生きている方がズシリと重いのは「いのちの重さ」でしょうか。

スリッパの裏と床にへばりついてしまったごはん粒は拭い取るのが面倒で厄介なものです。直接自分の足の裏に接触していなくても、そのネチャネチャした嫌な感触はスリッパを通じて伝わってきます。

赤ちゃんの顔を見ているだけでもホッとしますが、小さくて可愛い手にそっと触れるだけで、より一層しあわせな気分になれました。いずれも、視覚では得られない感覚、手や足で感じ取ったことを詠っています。

なま身には少し冷え過ぎ肉売り場

秋貞　敏子

肉売り場のひんやりした空気に接したことは誰でもあるでしょうが、「生きている身」と「肉片」を並べた句は極めて稀です。「なま身には冷えすぎ」という主張は、大いに納得させられます。露出している肌に空気が触れた感覚から得られた句ですから、分類すれば「触覚」です。

〈ワンポイント・アドバイス〉

見つけたことは即座に記録する習慣を身につけましょう。「こんな印象的なことは忘れるはずがない」

と思っても、必ず忘れます。

老眼鏡さがしてる間に句が消える

山脇　正之

と、なってしまいます。逃がした魚は大きく、消え去った句は文部科学大臣賞です。悔しい思いをしないためにも、筆記用具はいつでもサッと取り出せるようにしなければなりません。カメラやケータイで写すのも一つの方法です。これらの観察用具をバッグやポシェットに納めるだけで、「よしっ！」とやる気が湧いてきます。「バッグもポシェットも嫌い。手ぶらがいい」という人には、ポケットがいっぱいついた機能的なベストがお勧めです。街角ウォッチングに適したスタイルを整えることによって、「やる気」と「観察する意識」がさらに高められます。

年齢に関係なく、精神的に若い人は強い好奇心を持っています。「見るべきものは見つ」などという知盛の心境では一句も生むことはできません。

この世には私たちが知らないことがいっぱいあります。誰も詠っていない素材がいっぱい残っています。あなたの五感によって発見したものから、掲出した句に負けないような新鮮な作品を生み出してください。

No.011

考察する

常識にとらわれるな

前項までは、五感(視覚、聴覚、触覚、味覚、嗅覚)を働かせることによって素材を発見することを学びました。しかし、川柳は五感で観察できるものだけを対象とするのではありません。私たちは、見えないものや体感できないものを「考える」能力を持っています。今回は、観察に頼らず「考えて素材を探り出す方法」を検証してみましょう。

考察による作句方法の良いところは、外出が困難で観察の機会が少ない人でも無限の世界が詠えることです。目や耳が衰えても頭さえしっかりしていましたら、いくらでも作句できます。

私たちの行動や考え方の規範になっているものは「常識」です。確かに、日常生活では常識ある行動や良識は重要ですが、川柳に向かうときだけは、思考回路から「常識の枠」を外さないと、意表を突いた表現や独自の見解を生み出すことはできません。常識にとらわれた日常生活の中で、句を作るときだけ意識を自由にするのは難しいことですが、「常識とは違ったことを考える」という姿勢を忘れないようにしてください。

●──自分は何者なのか?

まず、いちばん身近な「自分」のことを考えてみましょう。自分はどのようなにんげんなのかを、「観察ではなく、頭の中で考える」のです。

菜食のわたしに合っている土葬　丸山　貞春
大人にはならないように脱皮する　門脇かずお
角とれて八角ぐらいにはなれた　植田　一京

土が育てたものを食べている菜食のわたしだから、「身体は土に返して野菜たちの肥料になるのが良い」という論理的な見解。

子供は精神の脱皮を繰り返して大人になっていくのですが、「大人になるということは打算的になり、こころが汚れることだから、大人にはならないように、きれいなこころのまま脱皮したい」という哲学。

修行が足らず、「まだまだ人徳のある丸いにんげんにはなっていないが、八角形ぐらいにはなれた」というユニークな謙遜。いずれも、自分を分析して「土葬が合っている」「大人にはならないように」「八角形ぐらいになれた」という、常識の枠から外れた見解を述べています。

にんげんというものは？

「人間は自然界でもっとも弱い一本の葦にすぎない。しかし、それは考える葦である」というのは有名なパスカルの言葉。また、ドストエフスキーは「人間は、どんなことにも慣れる動物である」と述べています。このように、古来より様々な定義がなされている「にんげん」を、川柳の眼で分析し、川柳で定義付けをすることもできます。

人間も最初は裸だったのに　　山田こいし

ロボットと猿に分化をするヒト科　　北野　哲男

全員が卵の殻でできている　　なかはられいこ

裸になれず虚飾に包まれた現代人は、指示されたことしかしない「ロボット」と、公徳心のない「猿」という両極端に分化していく。そして、強いように見えるが、その身体もこころもまるで「卵の殻」のように弱い存在である。一句目は人類の進化に対する感慨。後の二句は、誰もが思いつかないような見解によってにんげんを定義付けています。

傀儡師の背にも傀儡の糸がある　　髙瀬　霜石

傀儡《くぐつ》は「あやつり人形」のこと。あやつり人形を踊らせている人の背中にも糸が付いていて、人形と同じように（目に見えぬ大いなるものから）操られているのだ。にんげんは運命に操られている人形にすぎない。と極めて哲学的な考察を述べています。このような句は思いつきで作ることはできません。考察から生み出された句には、作者の人生観や世界観が自ずと表れてくるものです。

神や仏とは？

神は存在するのか、死後の世界はどうなっているのか等は、いくら考えても分からないことです。どれほど明晰な頭脳でも証明できない世界、すなわち、不可知（人智では知ることができない）な世界です。しかし、「考えても分からないことは考えない」という姿勢では新しい川柳を生み出すことはできません。不可知なことであっても考察することは自由であり、独自の見解を作品にするのも自由です。

音沙汰のない神さまを待つベッド　岩間　一虫
地球から失踪をした神仏　合田瑠美子
同じでも無駄でも僕は祈ります　加島　修

神などは存在しない、と否定するのではなく「音沙汰はないが、待っている」というにんげんの弱さ。かつては神も仏も地球におられたのだが、今はにんげんに絶望し「失踪した」という見解。そして、祈っても祈らなくても状況は変わらないかもしれないが、やっぱり祈る、という不可知なものに対する畏敬の念。それぞれ「神」というものの存在の不確かさを、伝達性のある分かりやすい言葉で表現してみせました。

おかしな物たち

人類史上最も「物」が溢れている国の一つは、今の日本です。ホームセンターの品揃えを見ると、それが実感として伝わってきます。どの家にも無駄と思われる物がいっぱいあり、自治体はゴミ処理に頭を抱えています。そのような、無用と思われる物や、毎日使用している物など、私たちの周囲に存在するすべての物体は考察の対象になります。

吊り橋は黙って落ちることがある　梶谷　武利

ゴミになるために生まれた紙コップ　高田　桂

便座まで温めてくれる良い電気　原　千鳥

それぞれ、現物を観察して作った句ではありません。頭の中で考えを重ね「黙って→落ちる」「ゴミになるために→生まれた」「便座まで→温めてくれる」と擬人化の形でユニークな見解を導き出しました。いくら好き勝手なことを言っても物体から苦情が出ることはありませんから、遠慮なく分析して新鮮な句を生み出してください。

謎だらけの自然

考察するだけでも大変な広大無辺の大自然を、僅か十七音で表現するのは至難ですが、川柳作家は怯むことなく、みごとな句を作っています。

大氷河ゆるむわたしのうたたねに　畠山　軍子
ちょうど良い角度保っている地球　土屋　天九
地中にも世界があって根がのびる　池澤　大鯰

地球温暖化によって氷河が溶けているのは「私のうたたね（認識不足・努力不足）のせいである」という作者。うたた寝しているのは、作者のみならず私たち全員であることは明白です。約二十三・五度の地軸の角度を「ちょうど良い」という見解と、「その角度は地球が努力して保っている」という考察。そして、潜り込むことができない暗黒の地中まで、私たちが考えの及ばない世界などはありません。

不思議な生き物たち

観察の項目でも述べましたが、「森羅万象すべて平等」という姿勢が大切なことは考察の場合でも同じです。「たかが虫けら」いう気持ちや動物たちのいのちを軽く扱う姿勢から新しい見解は生まれてきません。

嫌われる理由蜘蛛には判らない　小川しんじ
異議ありと言えないままの冷凍魚　馬場　涼子
知恵の輪を猿もカラスもすぐに解く　小島　蘭幸

合理的な理由もなく嫌われている蜘蛛。ひと言の抗議もできず冷凍にされてしまった魚。それぞれ、蜘蛛や魚の立場に立って、人間の身勝手さを訴えています。三番目の句は、猿やカラスを捕まえたり追い払うための罠やオドシを「知恵の輪」に例え、猿やカラスたちの賢さと精一杯生きている姿を描き出しました。

考察力を高める

考察できる範囲やその深さは経験や知識によって異なります。自分の器量以上のものを考察するのは難しいことですが、努力によって器を大きくすることはできます。難民キャンプへ行ったことがなくても、本を読んだり経験者の講演を聞くことによって難民の実情を知ることができます。読書や講演のみならず映画や演劇、写真展や美術展などによって、多くの人の貴重な経験や知識を吸収することができます。

すぐ側にある世界でも、あなたが無関心のままでは地中の世界と同じです。しかし、好奇心を持って「知りたい」と思い、行動を起こせば新鮮な知識を得ることができます。常に知的な刺激を受けるように意識していますと考察の幅も広がり、自らの作句に役立つばかりではなく、他の人の句も深く理解できるようになります。

本稿と、「うまい川柳とは?・」の内容は共通しています。参考として、「うまい川柳は意識しなければ作れない」の章を読み直してください。

川柳のリズムとは何か

No.012

散文と韻文

記憶力の良くない私でも童謡や学校唱歌なら幾つか歌えます。一時間前に読んだ詩の一節も出てこないのに、半世紀以上も前の歌詞を覚えているのは不思議なことです。歌詞はメロディーとセットになっているので覚えやすく、一度記憶したものはなかなか忘れないのです。川柳も同じです。リズムの良い句は覚えやすく、暮らしの折節に思い出してこころを豊かにしてくれます。本項ではこの「リズム」について考えます。

川柳の相談室を担当していたときに、次のような質問を受けたことがあります。―川柳には「枕裏返す」や「傷痛む」など、助詞を抜いた句や、「飛び越させ」など、一字省略したものをよく見かけますが、正しい日本語はあまり意識しなくても良いのでしょうか―。

質問の意図を理解するのにしばらく時間がかかりました。再読してようやく分かりました。質問の意味が分かると同時に、初心者に中八の句が多い原因の一つが分かりました。この疑問は、散文と韻文の違いに慣れていないために生じたものです。散文というのは、リズムを考えていない文章のことで、小説やエッセー、新聞記事などは散文です。韻文は作者が意識してリズムを持たせたもので、川柳や俳句、短歌や詩などは韻文です。試みに、散文と韻文の違いを比べてみましょう。

①風の音で眠れぬ枕を裏返す

②風の音眠れぬ枕裏返す

①はリズムを考慮していない「散文」です。②は①の内容を損わぬようにしながら、七五調の韻律を持たせた「韻文」です。比べますと、「で」と「を」を省略しています。このように、散文から助詞を外したりするのはリズムを持たせるために欠かせない作業であり、間違った言葉遣いではないことを理解してください。

初心者の「字余り」の多くは、「て」「に」「を」「は」などの助詞が余分に入っているためです。例えば、

風の音眠れぬ枕を裏返す

というように散文の感覚で「を」を入れてしまうのです。そうすると、中七であるべきところが「眠れぬ枕を」と中八になってリズムが悪くなります。もちろん、すべての助詞を外すのではありません。七五調の韻律に必要な場合は外すことはできません。

日常生活で目にする文章は散文が多く、話し言葉も散文に近いものですから、「てにをは」を外すことに抵抗を感じるでしょうが、「韻文を作っているのだ」と意識することによって次第に違和感は薄れてく

るでしょう。

七五調の起源をさぐる

それでは川柳の五・七・五というリズムはどこから来たのでしょうか。その源流を遡りますと神代の昔までつながっていることが分かります。日本最古の歴史書「古事記」に次のような歌謡が記されています。原文のままでは読みにくいので現代語に訳したものを併記します。

夜久毛多都伊豆毛夜弊賀岐都麻碁微爾
　夜弊賀岐都久流曾能夜弊賀岐袁

八雲立つ出雲八重垣妻ごめに
　八重垣作るその八重垣を

これは八岐大蛇《ヤマタノオロチ》を退治した伝説で有名な、速須佐之男命《スサノオノミコト》の作と記されています。この歌謡のリズムを分析してみますと、

夜久毛多都　やくもたつ　↓　五音
伊豆毛夜弊賀岐　いずもやえがき　↓　七音
都麻碁微爾　つまごめに　↓　五音
夜弊賀岐都久流　やえがきつくる　↓　七音

曾能夜弊賀岐袁　　そのやえがきを　↓　七音

音数の数え方は次項に記しますが、これは清音と濁音だけですから簡単に数えることができます。右の五・七・五・七・七という形は和歌（現在の短歌）と同じ形式です。しかしながら、和歌が貴族社会に広まったのは平安時代のことですから、スサノオが最初からこのように美しいリズムで詠ったというのは信じ難いことです。遣唐使や遣隋使が漢字を持ち帰るまで神話や歌謡は口承でしたから、伝わっているうちにだんだん形が整えられ、古事記に記録するときにはこのような形にまとまっていた、と考えるのが妥当でしょう。ともあれ、このスサノオが詠ったものが「最初の和歌」というのが通説になっています。

また、口承されている間に整ってきたこの七五調のリズムの最初は、農耕などにおける掛け声や、祭りの手拍子や奇声から始まったのだと考えられます。そして、大和言葉にいちばん合うリズムが七五調であったのでしょう。規則正しく整えられた七五調は和歌という文芸を生み出し、自由に歌われたものは民謡などとして伝えられたものと推定いたします。

スサノオから川柳までの道のり

スサノオの作と伝えられる最初の和歌から川柳が生まれるまでの道筋を簡単に箇条書きにして説明を加えます。

①和歌の隆盛

②連歌の誕生と隆盛
③連歌の発句が独立して俳句となる
④連歌の練習として前句付が始まる
⑤前句付が独立して興行され、川柳が生まれる

連歌《れんが》というのは、一首の和歌を、上の句(五・七・五)と、下の句(七・七)を二人掛け合いで詠って完成させるものを言います。後に流行した長く連ねる形式と区別して、この形のものを短連歌と称し、長く連ねるものを長連歌と言いました。平安時代後期から鎌倉時代の初めにかけて短連歌は衰退し、連歌といえば長連歌を指すようになりました。その形を記しますと次のようになります。

Aさん　↓　五・七・五（発句）
Bさん　↓　七・七　（脇句）
Cさん　↓　五・七・五（第三）
Dさん　↓　七・七
　　←（中間省略）
Aさん　↓　五・七・五
Bさん　↓　七・七
Cさん　↓　五・七・五

Dさん　→　七・七　（挙句）

右の例は四人で詠う形を示していますが、複数であれば何人でも楽しめるのが連歌の特徴です。鎌倉時代の後期には百句を連ねる形が基本形となり百韻と呼ばれましたが、その後、三十六句が主流になって行きました。出発の句を「発句」と称し、最後の締め括りの句を「挙句」と言います。「挙げ句の果て」という言葉はここから生まれています。

「発句」は「これから始めます」という挨拶でもあり、座の展開を方向づける重要な意味もありますから、格調高く詠わねばならず、必ず季節の言葉（季語）を入れなければなりません。多くの場合、この「発句」は専門の連歌師か、その座の主賓が詠いました。俳句はこの「発句」が独立したものです。

武家社会を中心に隆盛を極めた連歌は、次第に町人の間にも広まり、多くの初心者が連歌への入門を望みました。が、連歌はチームプレーですから、先ず作句方法の基本を練習する必要がありました。そのために行われたのが、「前句付《まえくづけ》」です。

前句付の遣り方で代表的なものは、点者（選者）が出題した七・七（前句）に対して五・七・五（付句）を考えて提出する方法です。例えば、

七・七　（前句）　→　きりたくもあり切りたくもなし
五・七・五（付句）　→　さやかなる月を隠せる花の枝
五・七・五（付句）　→　ぬす人をとらへて見れば我子なり

右の例で言いますと、「前句」が出題で「付句」が応募作品ということになります。このように、連歌の練習から始まった前句付ですが、「このままで面白い！」ということになり、この「前句付」が独立して興行されることになりました。

興行主は一句につき十五文前後の入花料（投句料）をとり、その優劣を判断して賞金や賞品を出しました。選句力のある点者の元には一万句以上も集まったというのですから熱狂ぶりがうかがわれます。

そして、江戸で一番の人気点者であったのが柄井八右衛門、号は「川柳」です。柄井川柳が入選句をまとめた柳多留二十四篇の文学的価値は現在でも高く評価されています。「川柳」という文芸の名は、この柄井八右衛門の号から採られています。

No.013

定型のリズム

音数の数え方

句会や大会、あるいは川柳誌などでドキッとする句や胸が熱くなるような句に出合うことがあります。「考えたことを記録する」の章で、そのような印象に残った句を記録するようにお勧めしました。ここではもう少し欲張って、記憶することをお勧めします。すらすら出てくるように覚えてしまうのです。

できるだけ作者名も一緒に覚えてください。つまらない作品はすぐに忘れてしまいますが、こころを打たれた句は幾度か口ずさんでいると自然に覚えてしまいます。名作を記憶することによって、その作品が持っている「想い」と「リズム」を吸収することができます。そして、名作から得たリズム感は終生薄れることはなく、あなたの創作の基礎となってくれるでしょう。

韻文のリズムは、それぞれの言葉が持つ「音数」の組み合わせによって成り立っています。音数の数え方を間違えますと、リズムの悪い句になってしまいますのでしっかり理解してください。すでにご承知の皆さんには退屈な章ですが、おさらいのつもりで目を通してください。

清音　↓　あ・い・う・え・お　等　各一文字で一音
濁音　↓　が・ぎ・ぐ・げ・ご　等　〃　〃
半濁音　↓　ぱ・ぴ・ぷ・ぺ・ぽ　〃　〃
拗音　↓　きゃ・きゅ・きょ　等　各二文字で一音
促音　↓　つまる音、小さな「っ」　これだけで一音
長音　↓　伸ばす音「ー」や「う」　これだけで一音
撥音　↓　おしまいの「ん」　これだけで一音

では次の言葉は何音になるでしょうか、皆さんご自身で、目で見るだけでなく音読して確認してください。

①社会　②学校　③シャッター　④チャンス
⑤ファンクラブ　⑥阪神ファン

数えにくい場合は指を折って数えてください。指を折るのを恥ずかしがってはいけません。句会で顔を合わすSさんは川柳暦四十年の超ベテランですが、指を折っておられるのをしばしば拝見します。その初心を忘れぬ真摯な姿勢には頭が下がります。「人前でそんな幼稚なことをしてはいけない」と指導する人もいるようですが、創作に見栄は不要です。指を折るのは幼稚なことではなく基本中の基本です。

①「しゃ」（拗音）「か」（清音）「い」（清音）　計三音
②「が」（濁音）「っ」（促音）「こ」（清音）「う」（長音）　計四音
③「シャ」（拗音）「ッ」（促音）「タ」（清音）「ー」（長音）　計四音
④「チャ」（拗音）「ン」（撥音）「ス」（清音）　計三音

以上が正解です。音数の数え方でややこしいのは拗音と促音だけです。右の例では、「しゃかい」と「がっこう」の違いさえ頭に入れておけば間違うことはありません。

⑤と⑥はまとめて考えてみましょう。ファンの原語は英語のｆａｎですから、英語の発音に添った表記では、「ファ」という拗音になりますので「ファンクラブ」は、「ファ」「ン」「ク」「ラ」「ブ」と五音になります。そして、「阪神ファン」は、「は」「ん」「し」「ん」「ファ」「ン」と六音になります。ところが、阪神ファンの場合は、表記も「フアン」と大きな「ア」にして、発音も「不安」とおなじように「ふあん」と言っている人が多

いように思います。この発音であれば、「は」「ん」「し」「ん」「フ」「ア」「ン」と七音になってしまいます。

このように、外来語の中には原語に忠実な発音の音数と、日本語化された発音の音数が異なる場合があります。日常の会話にとけこんでいる外来語でしたら日本語化された発音の音数でも構いません。右の例でしたら「阪神ふあん」の七音でも許容範囲だと考えます。しかし、外国語をマスターした人がどんどん増えてくる「これからの川柳」では、「原語の発音に忠実な表記」と「原語の発音に忠実な音数」が求められるようになるでしょう。「そのようなややこしいカタカナ語は遣わない」「外来語に頼らなくてもいくらでも作句できる」という人もいます。それも一つの見識ではありますが、自分で遣わなくても他者の作品を読むときには逃げることができませんから、やはり外来語の音数についても理解していなければなりません。

定型を考える

川柳の基本形は五・七・五の十七音です。これを「定型」と言います。

定型から外れたものを「自由律」あるいは「破調」と言います。本講座では「破調」と呼びます。破調については次項で考えます。

初心者の皆さんは、まず五・七・五の定型にまとめる努力をしてください。何ごとも基本が大切です。画家はデッサンが基本です。奔放な抽象画に辿り着いたピカソも精緻なデッサンを残しています。基本が身についていないと自由なデフォルメ（変型）も出来ないのです。

それでは定型とそのリズムについて考えてみましょう。次の五句はすべて十七音で構成されていますが、音読するときの区切りかたは違います。正解は後に記しますので、選者になって壇上で披講しているつもりで、声に出して読み上げてください。

①**階段はひたすら下を見て降りる** 黒田 能子
②**百人の村に戦争などはない** 三宅 保州
③**ごちそうのピンクだ魚肉ソーセージ** いわさき妖子
④**会釈をしたら信号が青になる** 土橋 螢
⑤**死んだ祖父に日の丸を振ってあげる** 石田 柊馬

①は、「階段は」「ひたすら下を」「見て降りる」と、五・七・五になっています。この「階段は」を上五《かみご》と言います。「ひたすら下を」を中七《なかしち》、「見て降りる」を下五《しもご》と言います。
きっちりした定型ですので、音読するときも「階段は」「ひたすら下を」「見て降りる」と三つに区切れば良いのですが、間を空け過ぎるとプツンプツンと切れてしまってリズムが悪く、感興も湧いてきません。本句の場合でしたら、上五で少し間を置いて、中七と下五は続けるぐらいの気持ちで読めば流れが良くなります。川柳は「一呼吸の文芸」とも言われるように上から下まで一気に読むことが出来ますが、どこか一箇所で少し間を空けたほうが聞き取りやすくなります。

②も、五・七・五に区切ろうと思えば区切れます。「百人の」「村に戦争」「などはない」となります。でも、音読すると、ちょっと変なのが分かります。「百人の」は「村」を説明している言葉ですから「百人の」と「村に」を離すことはできません。これは「百人の村に（八音）」「戦争などはない（九音）」が正解です。

③も、五・七・五に区切ると「ごちそうの」「ピンクだ魚肉」「ソーセージ」と不自然です。特に中七の「ピンクだ魚肉」が極めて不自然です。この「ごちそうの」も「ピンク」を説明していますので、「ごちそうのピンクだ（九音）」「魚肉ソーセージ（八音）」が正解です。

④は、どんなにがんばっても五・七・五には区切れません。これは、「会釈をしたら（七音）」「信号が青になる（十音）」です。

⑤も、五・七・五には区切れません。「死んだ祖父に（六音）」「日の丸を振ってあげる（十一音）」です。

右、②③の例で説明しましたように、五・七・五に分けることが出来る句であっても、機械的に五・七・五に区切るのではなく、句の内容を把握し、意味を明確にするところで区切らなければなりません。これは披講に際してとても大切なことですから充分に心得てください。

では、それぞれ正解とした区切り方の音数を確認します。

①は、五音・七音・五音　↓　十七音
②は、八音・九音　↓　〃
③は、九音・八音　↓　〃

④は、七音・十音　↓　〃
⑤は、六音・十一音　↓　〃

五句すべて総音数は十七音にまとまっています。しかし、きっちりした五・七・五の定型は①だけで、他は八・九や九・八、あるいは七・十などです。このような形は「句またがり」「胴切り」と呼ばれ、定型十七音が変化したものとみなされています。

ただ、⑤だけは他の句とリズム感が違います。他の句はすべて七五調をベースにしていますが、⑤が七五調の韻を踏んでいないことは音読すればよくわかります。しかし、十七音で構成されており、リズムも破綻していません。このように、きっちりした韻を踏んでいなくても、作者が意識してリズムを持たせたものを「内在律」と言います。このような形のものも定型とするには異論があるでしょうが、やはりこれも定型十七音が変化したものとみなすべきでしょう。

定型以外のリズム

No.014

なぜ破調になるのか？

定型を目指しているのに、どうしても十七音にまとまらないときがあります。そのような素材は捨てるべきなのか、それとも、そのまま提出してもよいのか、など、本項では「破調」について考えます。

破調の句が生まれる原因はいろいろあります。主なものを挙げてみましょう。

①定型を重視していない。あるいは、否定している。
②破調の句を斬新で格好いいと思っている。
③散文の感覚で余分な助詞などを入れている。
④音数を数え間違えている。
⑤素材にした名詞などの音数が多過ぎた。
⑥定型を尊重しているが、形式よりも想いを優先させた。

本講座は定型を基本としていますから、①については言及しません。皆さんが考察を重ねた結果として「定型にこだわる必要はない」とか、「定型を否定する」という考えに至ったならば、それはそれで仕方のないことです。芸術や文芸に絶対という指針はありませんから、どのような考え方も否定できません。しかし、前項の「定型を考える」でも述べましたように、初心者の皆さんは、まず、五・七・五の定型にまとめることを目標にしてください。基本を身につけた上で考察を重ねていくのが本道です。

②については私も経験があります。定型ばかり見ていますと、たまに出てくる七・七・五などのリズムを新鮮に感じ、自分でも作ろうとします。しかしそれは、誰もが一度はかかる「ハシカ」のようなもので、破調ばかり作っていますと、すぐに飽きてしまいます。たまに食べる中華料理はおいしいものですが、

毎日だと嫌になります。毎日でも飽きないのは白いご飯、すなわち五・七・五の定型です。
③と④については、前項と前々項で詳しく述べていますので、もう一度読み直してください。
⑤と⑥については、具体例を出して考えてみましょう。本項はリズムについての考察ですから句の内容については論評していません。が、すべて破調でありながら鑑賞に耐えるものを選んでいます。

●──上五の字余り

二本足の人間だからよく揺れる　井上　信子

選挙カーにキライキライと両手振る　梶谷　幸子

着膨れても行かねばならぬ医者だけは　桂　芳枝

右三句、すべて上五音であるべきところが六音になっています。六音目の「の」「に」「も」を外せば上五になりますが、そうすると意味がわかりにくくなります。最初の句は何とか通じるかもしれませんが、二番目の句は「選挙カーキライキライと両手振る」となって、「選挙カーが手を振っている」ことになってしまいます。また、三番目の句は「着膨れて行かねばならぬ…」となって、「着膨れるのが医者へ行く条件」という意味になってしまいます。三句とも定型を尊重してはいるのですが、自分の想いを明確にするために、敢えて「の」「に」「も」を付けています。

家内安全なんて大きな願いごと　籠島　恵子

サインコサイン卒業式に置いてきた　政岡日枝子

村一番にならなきゃなれぬ世界一　植竹　団扇

右三句は上五であるべきところが上七になって、七・七・五になっています。上七の「家内安全」も「サインコサイン」も縮めようのない七音ですから、上五にまとめることはできません。また、「村一番」に続く「に」を外しますと少し分かりにくくなりますから、この上七もやむを得ない字余りです。いずれも採用した言葉（家内安全・サインコサイン・村一番）の音数が多かったので破調になっていますが、基本的には定型を尊重していることが分かります。

上五の字余りによるリズム感の悪さは、中七下五で整えられますから、どうしても字余りになるときは、右の例のように上で余らせるように、言葉の配列を工夫してください。字余りになってしまうからと、せっかくの発想を捨て去るのはもったいないことです。

このような六・七・五や七・七・五という形はしばしば見受けますので、容認している人が多いのではないかと推定いたします。

では次の句はどうでしょう。

荒っぽい運転士のネームプレートしかと見る　阿部淑子

定型厳守派の大ブーイングが聞こえてきそうな句です。「あらっぽいうんてんしの」は十一音もあり、総音数は二十三音にもなります。しかし、音数の多い割にリズムは破綻せず、「ネームプレートしかと見る」という中七下五でしっかりまとまっています。また、内容も大いに共感できます。しかし、これほどの字余りは破調容認派の中でも賛否が分かれることでしょう。

●――中七の字余り

六・七・五や七・七・五のように、上五の字余りには寛容な人でも「中八は絶対に駄目！」とか「中八は採らない！」と、蛇蝎のごとく嫌う人がたくさんいます。なぜ五・八・五はそれほど嫌われるのでしょうか？

七五調の韻律が身についていると「八音」のリズムはとても間延びして感じます。加えて、「中八になるのは未熟な証拠」という意識がありますから、内容を吟味するまでもなく、いきなり「中八イコール、下手な句」と断定するのでしょう。確かに、中七が字余りになったもので良い作品は見当たりません。例外として印象に残っている句は、

花見よりとろとろ眠りとうございます　渡辺　善句

というもので、中八どころか九音もあります。しかし、春先の気だるさが、「とろとろねむりとうございます」という間延び加減とうまく合って、いい味を出しています。

●――下五の字余り

下五が字余りになるのは「すわりが悪い」と言って嫌われます。中七下五なら「スッキリ！」ですが、下

六になってしまいますと、しまりが悪く「着地でよろめいた」という印象になってしまいます。

　訃を聞いて弾むこころがありはせぬか　　天根　夢草

　右の下六を「あるまいか」とすればきっちり下五になります。しかしながら、「ありはせぬか」から感じられる「逡巡する想い」と「自問の強さ」は損なわれてしまいます。もちろんこの「ありはせぬか」は自問と同時に読者への問いかけでもあります。定型を重んじながらも、やむを得ず「想いを優先させた」好例です。

　朝露の玉で宇宙が光っている　　土居　哲秋

　闇の中わたしの脈が動いている　　和泉　香

　挨拶の稽古しながら歩いている　　土江　静逸

　右の三句、いずれも下五であるべきところが、「光っている」「動いている」「歩いている」と、六音になっています。それぞれ「い」を外せば五音になりますが、敢えて六音にしたのは、「光ってる」「動いてる」「歩いてる」という、「い抜き言葉」を嫌ったためです。このような「い抜き言葉」は、会話の中ではあまり気にせずに遣われているようですが、僅か十七音の中に入れますと違和感があります。とはいえ、少々のぎこちなさには目をつぶって、下五を守るために敢えて「光ってる」「動いてる」「歩いてる」と表現している人が多いのも事実です。

　この、「い抜き言葉」や「ら抜き言葉」を避けるための字余りを、是とするか否かはベテランの間でも意見が分かれています。みなさんは先輩の意見を鵜呑みにするのではなく、自分で考えて判断してください。

その他の字余り

全力で投げても放物線になる　甲斐　博美

恥ずかしくなったらうまれ変わればいい　笹田かなえ

右二句、九音九音の十八音で構成されています。同じ十八音でも中八の場合は間延びして下手な句に感じますが、この十八音は、意味が明確に分かるところ、「全力で投げても」と、「恥ずかしくなったら」で一呼吸置けば、すっきり読み下すことができます。無理に五・七・五調に区切って「全力で」「投げても放物」「線になる」とか、「恥ずかしく」「なったら生まれ」「変わればいい」という読み方は間違いです。

異論を退けないこと

三回に分けてリズムと同時に定型と破調について考えてきました。定型を厳守するのか、破調を許容するのか、許容するならどこまで許容するのか、などは、他者から指示されることではなく、みなさんが考えて判断すべきことです。今すぐ結論を出す必要はありません。川柳を楽しみながら、この講座や先輩の意見などを参考にして判断してください。あなたが指導的立場になったとき、後輩から「なぜ定型を厳守するのか?」または、「なぜ破調を容認するのか?」と訊ねられたとき、しっかり自説を述べなければなりません。そのためには少々面倒であっても「自分で考える」というプロセスが不可欠です。

そして、どのような結論を得ようと、自分と違う立場を否定してはいけません。異論を退けず、異質な作品を無視せず「いいものはいいのだ」という大きな度量を持ってください。異論を認めない頑迷固陋な姿勢からは、柔軟で瑞々しい作品は生まれません。

つまらない句とは何か(その一)

№015

つまらない原因をさぐる

新聞や雑誌、同人誌や大会の発表誌、そして、入門書や参考書などに掲載されている川柳のほとんどは誰かの選を経たものです。また、個人句集に収録されている作品も、句会や大会の入選句に加え、主幹などの選を受けて同人誌に載った中から選ばれています。無審査で発表できる(いわゆるアンデパンダン)欄を設けている結社もありますが、極めて稀です。

このように、選を受けて活字になっているのですから、良い作品ばかりのはずですが、こころに響かない句もたくさん混じっています。それは、人それぞれ川柳観や感性が異なりますから、ある程度はやむを得ないことです。選者の選句力にも差がありますので、経験の浅い人は駄作を採ることもあるでしょう。

誰しも、「つまらない」と感じた句には注意を払わず、サッと読み飛ばすものです。しかし、たまには立ち止まって、「なぜつまらないと感じるのか？」「この句のどこが悪いのか？」と考えてみてください。感動した作品を記憶するのも勉強ですが、駄作の原因をさぐるのも良い勉強になります。

つまらない句になる原因はいろいろありますが、いちばん大きなものは「素材の悪さ」です。料理の腕が良くても食材が古くては旨い料理は作れません。食材の鮮度を見極めるのと同じように、どのようなものが良くない素材なのかを知っていなければなりません。今回は、この「良くない素材」を具体的に取り上げて、なぜつまらない作品になるかを考えて行きます。

●――みんなが言っていることではないか？

世間話でよく言われているような内容をそのまま五・七・五にまとめても感動的な句にはなりません。

例えば

血圧を気にしながらも飲んでいる

願わくばポックリ逝けたらなと思う

皺だらけ鏡見るのも嫌になる

お互いに労わり合って夫婦坂

右のような内容は、友人やご近所の皆さんとの会話などで、しばしば出てくるものです。目標としている「今の自分の想い、今の自分の姿」を詠っているとしても、耳に慣れているものは新鮮味がありません。どうしても詠いたければ、もう少し考えを深めて、「他の人が言ったことがない言い回し」を工夫します。

休肝日なにをおっしゃる先がない　森脇　陽州
ポックリと死んでみんなを困らせる　土橋はるお
それぞれの事情があって顔の皺　酒井　一壺
冷えた手を温めて妻の背中かく　田中　重忠

血圧や血糖値を気にしながら飲んでいる人はたくさんいますから、そのまま述べてもこころに響きません。最初の句は、「なにをおっしゃる」という開き直りが面白い味を出しています。「ポックリ逝きたい」というのは、よく耳にする願望ですから新鮮味がありません。二番目の句は、もう一歩進んで「みんなを困らせる」と言っています。みんなが困るか困らないかは死んでみないと分からないことですが、身勝手な言い回しによって川柳味たっぷりに仕上がりました。
三番目の句は、加齢による皺を恥とせず、「皺には人それぞれの事情があるのだ」と、哲学的な見解を見せています。

そして、「労わり合って」では言葉だけのことですから、四番目のように、「どのように労わっているか」、自分の行動を具体的に述べると、様子が目に浮かんでこころを打つ句になります。

●――あたりまえではないか？

鼻歌が出るのは機嫌いい証拠

喜びがあった日の顔ゆるんでる

嫌な人自慢話をすぐにする

右三句、いずれも「あたりまえ」のことを言っています。誰しも、鼻歌が出るのは機嫌が良いときであり、嬉しいことがあれば顔がほころびます。また、自慢話の多い人は嫌われます。いわば、「犬が西向きゃ尾は東」「雨の降る日は天気が悪い」と同じで、どこにも作者独自の見解や独自の想いが入っていません。

病院へ行けば病気の人がいる　辻内　次根

暑い時逝くと法事も暑い時　塚越　育子

本人に電報は来ぬ葬儀場　唐住　実

右の三句も「あたりまえ」のことを言っています。病院に行けば病気の人がいるのはあたりまえ。暑い時に死ねば法事が暑い時になるのも、死んだ人へ弔電が来ないのも当然です。

しかし、このようなことを初めて言ったことは手柄です。いわゆる「見つけ」です。しかし、この三句は単に「見つけ」を述べただけではありません。「街には元気な人ばかりいて、元気なのが当然のようではあるが…」という「作者の想い」が背景にあっての「病院へ行けば…」です。

また、死者が主役であるべき法事でありながら、生きている者の立場から「法事も暑いとき」と不服めいた言い方をしているおもしろさ。そして、いちばん残念であるはずの死者に対して「電報は来ぬ」不合理さを突いています。

それぞれ、形としては「当然と思われている状況や慣行をそのまま詠っているだけ」のように見えますが、その状況や慣行は「決して当然ではないのだ」という作者の独自の想いを読み取ることができます。

●―格言くさくないか?

カレンダーや暦に書いてある格言や、交通安全などの標語もリズムの良い七五調で作られています。似たようなスタイルなので、格言や標語も川柳の仲間だと勘違いしている人もいるようですが、全く別のものです。「格言のような川柳」や「標語のような川柳」は、良くない川柳の代表格の一つです。

では、川柳と格言はどこが違うのでしょうか? 手元の辞書で「格言」を引いてみますと、「人生や処世上の微妙な真理をとらえ、世人の教訓となるようなことを短く述べたことば」となっています。川柳も「人生や処世上の微妙な真理」を詠いますが、決して、「世人の教訓となるようなことを述べる」のではありません。「教訓」という形で最後まで言い切ってしまいますと余韻がなく、読者としての想いの広がりもありません。ただ「なるほどその通り」で終わってしまって、感動することもありません。

前向きに生きると愚痴は出てこない
十指みな合わすとほとけさまになる
神仏の加護がなければ生きられぬ
失敗を糧に人間できてくる

右の句、寺院や教会の掲示板に書いてある言葉、あるいは、僧侶や神父の説法そのままのようです。作者としては、他人に説教しているのではなく、自分に言い聞かせているつもりなのかもしれません。しかし、形としては、悟った人が訓示を垂れているのと同じ語り口ですから、自分に言い聞かせている自省の句とは思えません。右の例のように「立派な人が高いところから訓示を垂れている」のは格言の姿勢です。逆に、

神様の後ろ姿を見て暮らす　岡田　話史
神さまも見掛けによらずいじめっ子　中野　六助
戒名へ人のランクがまだ続く　たむらあきこ
神様はいないと仏様がいう　田沢　恒坊

など、自分自身を「弱い人や迷っている人」側に置いて、その弱さや迷いを正直に詠うのが川柳の姿勢です。また、絶対的で逆らえないと思われている神仏や権力に対する「疑いや胡散臭さ」を、勇気を持って

述べるのも川柳の務めです。

●——安易な言い回しではないか?

花びらを受けてこころをあたためる
髪型を変えて明日の夢を追う
夕闇の中で自分を確かめる

右三句、一見うまくまとまっているようです。また、深いことを言っているようにも見えます。しかし、こころに響く真実味がありません。つまらない原因は、「こころをあたためる」「明日の夢を追う」「自分を確かめる」という言い回しです。最初に言った人は苦心して考え出したのでしょうが、今では見飽きてしまいました。このような常套的で便利な表現を遣うといくらでも作れます。例えば、

赤ちゃんの笑顔こころをあたためる
ふるさとの民話こころをあたためる
スニーカー洗い明日の夢を追う
図書館の椅子で明日の夢を追う
雑踏にまぎれ自分を確かめる
北風を受けて自分を確かめる

など等、たちどころに出てきます。しかし、以前にも申しましたが、作者が感動していない作品で読者を感動させることは出来ません。作者独自の想いが入っていない「言葉だけを並べた」作品は、誰のこころにも響かないのです。

No.016

つまらない句とは何か（その二）

●自慢になっていないか？

自慢話は聞き苦しいものです。同じように、自慢川柳には誰も共感しません。自慢していないつもりでも、「自分が幸せなこと」や「家族や身内の優れていること」を題材にしますと、読者は自慢のように感じてしまいます。

一目惚れしてゴールイン悔いはない

世話かけた妻に感謝のフルムーン

右それぞれ、「おのろけ」を聞かされているようで、おもしろくありません。夫婦仲が良いことは結構なことですが、そのまま作品として提出されても「ごちそうさま！」と白けるだけで、感動することもなく、想いの広がりもありません。

この広い世界になんでこの主人　萩原　典呼
しょうもない写真がたまる夫婦旅　白石　恵子
立法も司法も妻が取り仕切る　穴吹　尚士

熱烈な恋愛で結ばれても、長い歳月の間には隙間風が吹くこともあるでしょう。また、フルムーンの旅も新婚旅行ほど楽しくはないはずです。そのような「想いの食い違い」や「興醒めすること」は誰にでもありますから、隠さずに吐露すれば、右のような共感あふれる句になります。

産着着た曾孫のなんとあどけなさ
あどけない孫の仕草は見飽きない

可愛い孫や曾孫を詠いたい気持ちは分かります。また、自慢しているつもりではないことも分かりますが、あまりにも「そのまま過ぎる」ので共感できません。「子や孫は良い句になりにくい」と言われるのは、可愛さに目がくらんで、「対象を客観的に見詰める」という川柳の基本姿勢が失せてしまうからです。

ＤＮＡ確かに孫はよくしゃべる　楠見　章子
ああ言えばこう言う孫が出来上がり　森下　順子

あどけなく可愛い孫も成長すると小憎らしくなってきますから、その小憎らしいところや、思い通りにならないところを率直に述べると、右のようなおもしろい句が生まれます。

川柳は「にんげんを詠う」文芸です。そして、いちばん身近にいるにんげんは家族です。作句するときだけは、肉親の情に流されぬように、「欠点を持った一人のにんげん」という冷静な目で観察しますと、家族を題材にしても傑作を生むことが出来ます。

●――いい子ぶっていないか？

大会などで入選している句の中には、良いことを言っているだけで川柳味に乏しいものが混じっています。それは、選者に「格調高く品位のある作品を選ぼう」という意識があるからでしょう。経験不足の選者の中には、良いことを言っているだけの句を「格調高く品位がある」と勘違いしている人も稀にいますから、入選句はすべて秀作、と思い込んではいけません。

句会や大会の発表誌を読むときには、優れた句に感心するばかりではなく、時には「つまらない句を見つけてやろう」という意地悪な視線も必要です。

花の咲く未来信じて善を積む

一日に一善積んで飯うまし

太陽と大地の恩を忘れない

右はそれぞれ、道徳の教科書に書いてあるような良いことを言っています。このように、作者が善人面で語りますと「いい子ぶっている」ように見えて、読後の余韻などはなく「ほほう、立派なんですね」と白けるだけです。

前項の「格言くさくないか?」の中で、悪い例として掲出した句は、他人に訓辞をしている形になっています。一方、右の三句は他人に言っているのではなく、自分の心情を述べています。その点では「今の自分を詠う」という目標に合っていますので、少しは良いのですが、余韻も感動もないのは同じです。

●――一般論ではないか?

にんげんの生き方は様々であり、考え方も様々です。そのような個別の違いには触れず、多くの人の意見を集約したような考えを、本講座では「一般論」と言います。

①いつの世も図太い奴が生き残る
②どなたでも一つや二つ脛に傷
③忘れたいことを世間は知りたがる
④うまそうな話の裏に罠がある

①と②の、「いつの世も」とか「どなたでも」という導入は、「この句は一般論ですよ」と言っているのと同じです。「特定の人物のことではありませんが、世間一般はこのようなものですよ」と前置きをしているのです。前置きに続く内容も「どのように図太いのか」「どのような傷」なのか、具体的なことは言っていませんから、こころに響く手がかりと材料がありません。
③の「忘れたいこと」も、④の「うまそうな話」も、作者自身の出来事であれば、具体的に「何を忘れたい

のか」「どんな話なのか」を述べなければなりません。しかし、二句とも「世間とはこういうものだ」と一般論を展開しているだけです。一般論は作者独自の見解ではなく、多くの人が考えていることをまとめただけですから新鮮味がなく、感動することもありません。

様々な考えを持った私たちではありますが、にんげんとして共通の感情も持っています。川柳の醍醐味の一つは、「共感の心地良さ」です。「ああ、私も一緒！」あるいは、「にんげんって、よく似たものだなあ」という共感です。但し、この共感は前述のような具体性のない一般論からは生じません。自らの体験や感情を具体的に述べた作品だけが、その力を持っているのです。

では、次に掲出した句は、一般論の句とどこが違うのでしょうか？　ゆっくり読み比べてください。

生きているはずだが出も欠も来ぬ　梅田　宣司
金持ちの不幸を見ても金は欲し　山本トラ夫
若い娘を見たくてフラリ街へ出る　片山かずお
ＡＴＭに叱られながら生きている　徳山みつこ

右四句、それぞれ「出も欠も来ぬ」「金持ちの不幸を見ても」「見たくてフラリ」「ＡＴＭに叱られながら」など、体験や正直な気持ちを言っていますから、作者の想いがストレートに伝わってきます。先ほどの一般論の句は「そうですね」と素通りしてしまいますが、右の句は「あっ、ほんとだ、おもしろい！」と立ち止まらせる力を持っています。状況や想いを具体的に述べたことによって生じた力です。

●──つくりごとではないか？

同人誌などを読んでいますと、季節を先取りした句にしばしば出会います。例えば、

落ち葉さらさら暦も薄くなって来た　小川賀世子
神の留守金の雨降る大銀杏　今　愁女
色づいて渋滞誘ういろは坂　森本　弘風
一筆を添えた賀状が温かい
筆文字の友の賀状に達者知る
元日に国旗はためく過疎の村

右の六句は、数年前の某同人誌の新年号に載っていた句です。前の三句は「秋」を、後の三句は「新年」を詠っています。

月間の同人誌の場合、毎月十五日を投句締切りとして、掲載は一カ月半後になるケースが多く、右の同人誌も同じです。従いまして、新年号に掲載されている句は十一月十五日までに編集部へ届いたものです。

十一月十五日でしたら、作者の周囲は「秋」の真ん中ですから、「今の自分の想い」を詠おうとすれば当然のことながら秋が対象になります。右の「落ち葉と薄くなった暦」「神無月の大銀杏」「色づくいろは坂」

もリアルタイムで詠われた実感句です。

一方、新年の句を十一月に投稿した人は「新年号に載る作品だから新年の句を」という意識で、現実の新年ではなく、「新年風景を想像して」あるいは、「過去の新年を思い出して」頭の中で作り上げたのでしょう。

このように季節を先取りする例はたくさんあります。年賀ハガキの売り出しは十一月一日ですから、気の早い人は十一月上旬に「新年おめでとうございます」などと、したためています。また、川柳作家でしたら新年を寿ぐ句を添えることもあります。

しかし、年賀状の文章と川柳は次元が異なります。年賀状は儀礼文であり川柳は文芸です。年賀状に添える句もいわば儀礼句であり、受け取るほうも文芸作品という意識は薄いので、実感のない「作りごと」であっても気にしません。

季節を先取りした句は、想像上の景色とか頭の中で組み立てたことを述べているだけですから、どうしても実感から遠い平凡なものになってしまいます。掲載される月などは無視して、あなたの羅針盤が示す通り「今の自分の姿、今の自分の想い」を詠うこと、すなわち「今の季節」を詠えばいいのです。

但し、現実の風景の前に立っても、誰もが気がつくことを述べるだけでは「つくりごとの句」と大差ないものになってしまいます。肝心なのは「現場に居合わせた者しか知り得ない事実」を探し出すことです。そのことによって「つくりごとの句」にはない臨場感を持たせることが出来るのです。

III

作句力アップのための表現と表記

No.017

「自分を詠う」と「他人を詠う」

「自分を詠う形」で他人を詠わないこと

優れた川柳には作者の性格や考え方、そして、暮らしぶりまでが現れます。それが作品の個性です。

では、次の句を読んで作者がどのような人物なのか、どのような暮らしぶりなのかを想像してください。

弱音吐く暇もなかった寡婦の道

「寡婦の道」と言っていますので、作者のご主人は亡くなられたことが分かります。また「弱音吐く暇もなかった」という表現から、並々ならぬ苦労をされたこと、そして、そのような逆境にもくじけず歩んでこられた気丈な性格までが表れています。

右の作品は、私が出席していた句会で入選したAさんの句ですが、Aさんのご主人が健在なのは私も知っています。なぜこのような句が生まれたのか不思議に思い、「ご主人がおられるのに寡婦というのは変でしょう?」と訊ねましたら、Aさんは「あれは近所の奥さんのことです」と答えられました。

また、次の句も私の知人の句です。作者はどのような人なのか想像してください。

午前二時男だました紅を拭く

「午前二時」というのですから、作者は「帰宅が遅い客商売の女性」であり、仕事を終えてほっと一息ついている状況を詠っていると推定できます。しかし、作者Bさんは男性であり、女装する趣味もありません。

なぜ、寡婦ではない人が寡婦になり、男性が女性になってしまうのでしょうか？　それは、Aさんの句もBさんの句も「自分を詠う形」になってしまっているからです。

では、「自分を詠う形」とはどのようなものなのか、具体例を挙げて検証しましょう。

①いいこともないから魚釣っている　牧野　芳光
②コンビニに若い空気を吸いに行く　鈴木　昇
③いい天気竹踏みなんかしておれん　田村きみ子
④褒めことば洩らさず記憶できている　北田ただよし

現代川柳は自分のことを詠うのが主流になっていますので、主語がなく主観を述べている句は、「作者自身のことだ」と認識されます。みなさんも①〜④を読んで「作者自身のことを詠っている」と思われたでしょう。

①〜④には「だれそれが」という主語はなく、「いいこともないから→魚釣っている」「若い空気を→吸いに行く」「いい天気→竹踏みなんか」そして「洩らさず→記憶できている」というように、作者自身の想いや行動を述べています。このように、主語を省いて作者の主観を述べるのが「自分を詠う形」です。も

ちろん、必要に応じて「私」とか「僕」を入れる場合もあります。

もう一度AさんとBさんの句を見てください。①〜④と同じように主語がなく、「弱音吐く暇もなかった」とか、「男だました」と主観的に述べています。従って、作者自身のことを詠っていると受け止められてしまったのです。

もしも、①〜④が作者自身のことではなく、AさんBさんと同じように、他人のことを詠っているとしたら、

①魚を釣っている人を見て「いいこともないから」と言うのは失礼です。他者のこころの中や暮らしぶりを推定するのは僭越です。

②コンビニに行く人は「若い空気を吸いに行く」とは限りませんから、この推定は不正確です。

③「竹踏みなんかしておれん」などと誰も思っていないかもしれません。これも不正確な推定です。

④「洩らさず記憶できている」も推定で、記憶していない人もいっぱいいます。

このようにして比較しますと、Aさんの句の「弱音吐く暇もなかった」も、Bさんの「男だました」も作者の推定であることが分かります。モデルの女性は「苦労した」などとは思ってもいないかもしれません。また、男をだましたことなど一度もないかもしれません。他人のこころを推定しますと、不正確で無責任な句になってしまいますから、このような詠い方は避けるべきなのです。

●―「他人を詠う形」で自分を詠わないこと

左の句も私が出席していた句会で出たものです。

おとしの話で妻が責め立てる　Cさん

妻の茶碗がいちばんでかい食器棚　Dさん

いずれも「妻が責め立てる」「妻の茶碗が」と言っていますから、作者は男性であって、自分の奥さんのことを詠っているのだと理解できます。ところが作者のCさんもDさんも女性だったのです。妻である女性が「妻が責め立てる」とか「妻の茶碗が」と表現をするのはなぜでしょうか?　考えられるのは、

ア　夫の目を通して自分を客観的に詠った。

イ　夫の心情を推定し、夫になったつもりで詠った。

ウ　こんな夫婦もいるだろうと想像で作った。

エ　みんなを笑わせようと思って作っただけ。

オ　「自分を詠う形」と「他人を詠う形」の区別をしていない。あるいは、形を意識していない。

などが考えられます。CさんとDさんがどのような気持で作ったのか分かりませんが、ア、イ共に自分を詠う方法としては適切ではありません。ウ、エは「自分の姿、自分の想いを表明する」という羅針盤から外れています。妻である作者が自分のことを表現するなら、

おととしのことで夫を責め立てる
私の茶碗がいちばんでかい食器棚

とするべきです。これが、「自分を詠う形」です。前章で述べた①～④と同じ形のもの、そして、必要に応じて「私」を入れた形です。

それでは「他人を詠う形」とはどのようなものなのか、これも例を挙げて考えてみましょう。

金持の女美人に見えてくる　小澤　幸泉
男性のヘルパーさんは力持ち　足立千恵子
銀行でびんぼうゆすりする男　松本よしえ
飲兵衛が銚子の口で遠眼鏡　坂上　淳司

右、それぞれ、主人公の人物が存在します。「金持の女」「男性のヘルパー」「びんぼうゆすりする男」「飲兵衛」です。このように「だれそれのことを詠っている」ということが明確に分かる形、作者の軸足と目を常に作者側に置いて、他人を客観的に詠うのが「他人を詠う形」です。

CさんとDさんの句も同じように、「妻」という主人公がいて、作者が客観的に妻を見ている形ですから、作者は男性であると誤解されてしまったのです。

また、他人を詠った句でも、特定の主人公が示されていないものもあります。例えば、

大丈夫痛い痛いと言うてはる　玉置　重人

田圃から拾ってきたと亀くれる　池田　文子
ギネスにも載せたいほども頭下げ　前　たもつ

右三句、「だれそれが」という主語はありませんが、「痛い痛いと言っている人」「田圃から亀を拾ってきた人」「不祥事で頭を下げている人」等それぞれ、作者の目から見た他人の姿が具体的に示されていますから、「他人のことを詠っている」とハッキリわかります。

●──再び「何のために川柳をするのか？」

本稿の「自分を詠う形」と「他人を詠う形」については、これまでの入門者や解説書にはほとんど説明されていません。ベテランの川柳作家でも区別していない人をしばしば見受けます。形の違いが分からなくて区別していない人もいますが、違いは承知しているが区別する必要はないと主張する人もいます。その人たちの言い分は「作者がどのような人物に成り代わってもかまわない。男が女になって詠っても、女が男になって詠ってもかまわない。川柳も創作だから、自由であるべきだ」というものです。

確かに、川柳も創作ですから表現は自由であるべきです。区別しない人の主張を「間違っている」とまでは申しません。しかしながら、先ほど説明しましたように、他人のこころを推定するのは相手に対して失礼であり、不正確で無責任な句になります。そのような作者不在とも言える句は、作者自身の心情を率直に吐露した作品の力には遠く及びません。

この講座も中盤に差し掛かりました。ここで改めて、講座の最初に「どうして川柳を始めたのですか？」と問いかけたことを思い出してください。そのときに「明確な目的意識を持って進むのと、持たないで漠然と進むのとでは、後々に大きな違いが生じてきます」と言いました。その「大きな違い」の一つが、この詠い方に対する姿勢です。

私たちが目標として掲げたのは「今の自分の姿、今の自分の想いを表明する」ことでした。この目標から外れなければどのような詠い方をしてもかまいません。しかし、「他人の心情を推察して、他人に成り代わって詠う形」は羅針盤から大きく外れています。そのことをしっかり理解してください。

No.018

避けるべき表現

ことわざを避ける

古くから言いならわされている「ことわざ」は、いずれも簡潔な言い回しで風刺や教訓を含んでいますので、作品に利用しても良いような気がします。しかし、どのようなことわざを取り入れても、そのことわざの意味を超えて作者独自の見解を示すことは至難です。たとえば、

①株下落待てば海路の日和あり

②捨てる神あり拾う神あり信じよう
③生き延びて転ばぬ先の杖を持つ

①は、「待てば海路の日和あり」ということわざに「株下落」を付けただけです。「待てば海路の…」は「今は逆風だが我慢していると好機がくる」という意味ですから、「株下落」を付けると「株価は下がっているが待っていたらまた上がる」なのは明白です。しかし、それは「待てば海路の…」の一例を示しているだけで、いわば「当然のこと」であり、作者独自の見解ではありません。

②も、ことわざの「捨てる神あれば拾う神あり」の「あれば」を「あり」にして「信じよう」をくっつけただけですから、オリジナルな「作品」とは言えません。

③は、「転ばぬ先の杖」ということわざの上に「生き延びて」を、下に「を持つ」を付けただけです。「転ばぬ先の杖」というのは「失敗せぬように、最初から念には念を入れろ」という意味ですから、それにどのような言葉をくっつけても新しい作品にはなりません。

このように、ことわざそのものが適切な比喩で完成していますから、他の言葉を付け加えても新しい意味を持たせることはできません。

●――四文字熟語を避ける

四文字熟語は文字通り漢字四個だけですから、ことわざよりも句の中に取り入れやすい感じがします。また、音数も五音から七音程度ですから、作者の見解を述べる余裕もあります。しかし、ことわざと同じように、その四文字だけでしっかりした意味を持っていますから、独自性のある作品に仕上げるのはむつかしいものです。

①夫唱婦随注いで注がれて二人酒

②右顧左眄してわたくしが消えてゆく

③四面楚歌つめたい酒をひとり汲む

①の夫唱婦随は「夫が言い、妻が従う」、すなわち「夫婦の仲が良いこと」ですから、「注いで注がれて二人酒」は夫唱婦随の具体例を示しているだけです。また、「注いで注がれて二人酒」だけで仲が良いのは分かりますので、頭に置いた「夫唱婦随」は説明過剰です。

②は、「わたくしが消えてゆく」という表現に作者の想いが述べられていますので、①よりも少しは良くなっています。が、右顧左眄していると自分の存在感とか個性が希薄になって行くのは当然ですから、「独自の想い」というほどのものではありません。

③も、「四面楚歌」で現在の状況を説明しています。しかし、周囲が敵ばかりになるには何か原因があったはずです。その原因や人間関係のもつれこそ川柳の格好の素材です。このような句を見ると「その四面楚歌の原因を知りたいのに…、それを句にすれば良いのに」と思います。

また、四文字熟語を使用した句は形が似通ってくるのが大きな欠点です。例えば、

多事多難カーテン引いて閉じこもる
五里霧中きょうも手探り足探り

右の句も先ほどの①②③も同じパターンになっています。いずれも、採用した熟語によって自分の状況を説明させて、そのあとに自分の行動や想い述べた形になっています。それぞれ、四文字熟語が持っている意味に頼っているのです。文芸は独創性がいのちですから、言い古された既製の熟語に頼る安易な方法は避けなければなりません。

では次の句はどうでしょうか。

四面楚歌　故郷は豆の花の頃　橘高　薫風

右も、「四面楚歌」で自らの状況を説明していますが、他の句と大きな違いがあります。「四面楚歌」と、「故郷は豆の花の頃」には何の関係もありません。「故郷は豆の花の頃」は「四面楚歌」を説明しているのではなく、説明させてもいません。スッパリ切り離されています。熟語に頼らず自らの想いを独立させることによって、「望郷の想い」が際立ち、詩情豊かな作品になっています。作者の想いの強さが四文字熟語の意味の強さにまさり、熟語の存在を希薄にした稀有な作品です。

●——慣用語を避ける

ことわざや格言よりも短く、物事をうまく喩えている言葉があります。一般的によく使われています

ので本講座では「慣用語」と言います。例を挙げますと、

青菜に塩　雨後の筍　鬼に金棒　漁夫の利
地獄で仏　高嶺の花　他山の石　立板に水
寝耳に水　背水の陣　俎板の鯉　焼石に水

少し長い言い回しでは、

足を棒にする　魚心あれば水心　鬼の目にも涙
恩を仇で返す　火中の栗を拾う　勝てば官軍
木で鼻をくくる　窮すれば通じる　歯に衣を着せぬ

等など、まだまだたくさんあります。このような言葉は誰もが見慣れていますから、句の中に取り入れますと作品の独自性が薄れるばかりではなく、既製の比喩に頼って安易に作ったという印象を持たれてしまいます。

●――常套的な言葉や流行語を避ける

前章の「慣用語」は、昔から言い伝えられてきた言葉ですが、「常套的な言葉」というのは、最近の川柳でよく目にする言葉のことです。また、ここで言う「流行語」は、流行語大賞などに出てくる言葉ではなく、もっぱら川柳で使われている「はやり言葉」のことです。常套的な言葉も流行語もよく似たものですが

敢えて分けてみました。

〔常套的な言葉〕

母の海　父の貨車　火の匂い　鬼の面

赤い糸　白い画布　一本の藁　酸欠の街

〔流行語〕

絵蝋燭　笑い袋　涙壺　賞味期限　縄電車

免罪符　切取線　毬　初期化　消去キー

等です。このような見慣れた言葉も、誰かが初めて考え出したときは新鮮であったはずです。黙々と働いてきた父の姿を想って「父の貨車」という表現に至った作者は褒められるべきです。しかし、今では多くの人が真似をして古臭い感じになってしまいました。

また流行語では、「絵蝋燭」とか「笑い袋」「涙壺」など、一昔前にはしばしば目にしましたが、今では飽きられたようです。あなたの「新鮮な感動や想い」をこのような手垢のついた常套的な言葉で表現しますと、独創性が薄れ発想や作品までが古く感じられてしまいます。

この他、注意すべきものは、上五及び下五にしばしば用いられる言い回しです。上五でよく目にする言い回しでは、

負けてきて　言い勝って　余生まだ

嬉しい日　　哀しくて　　老い二人

そして、下五でしばしば使われている言い回しでは、

かもしれぬ　　修羅の道　　善を積む

茶がうまい　　虹を追う　　眉を引く

このような常套的な上五や下五を利用しますと、実感などなくても句をひねり出すことが出来ます。

例えば、

余生まだ○○○○○○○虹を追う

嬉しい日○○○○○○○茶がうまい

哀しくて○○○○○○○眉を引く

右の中七に適当な言葉を入れますと川柳らしきものはできます。しかし、言葉を選んで並べただけのものには誰も感動しません。真実の想いや実際に感じたこともないのに言葉だけを並べても良い作品にならないのは当然です。

●――意識し過ぎないこと

本稿で取り上げた言葉や言い回しには、日常会話のみならず、テレビやラジオ、新聞などで広く使われているものがたくさん入っています。皆さんの中には「こんな言葉も駄目なのか」とか「窮屈だなあ」と

思われた方も多いでしょう。が、決して「使用してはいけない」と言っているのではありません。「できるだけ避けましょう」ということです。

しかし、神経質になる必要はありません。「取り扱い注意」ということです。意識し過ぎますと「この言葉は大丈夫か?・」とか「この言い回しは常套的か?・」などと考え込んで自由に作句できなくなる恐れがあります。作句するときには気にせず、出来上がった作品を発表する前に見直せばいいのです。

予備知識がなければ使用することもあるでしょうが、「できるだけ避けよう」という意識をこころの隅に置いておけば、今後は取り扱いに注意するようになります。

なお、ここで取り上げた言葉以外のものについては、そのつど皆さんご自身で判断してください。

No.019

比喩を活用する

さまざまな比喩

言葉を効果的に用いる技術を修辞(レトリック)といいますが、その方法の一つに比喩があります。比喩とは、「A」を説明するためにイメージに類似点のある「B」を持ってきて、より印象的に分かりやすく表現する方法です。

比喩は日常の会話でもしばしば使用していますのでむつかしいものではありません。ただ、前項の「慣用語」と同じように、言い古された比喩を使いますと作品の独自性が薄れますので注意しなければなりません。

比喩にはいろいろな喩え方があります。それぞれ川柳に表れた具体例を挙げて考えて行きましょう。

●――直喩(明喩)

直喩は明喩とも言い、「…のように」とか「…のごとし」「あたかも…」などの言葉を用いて、喩えるものと喩えられるものを結ぶ方法です。例を挙げますと、

薔薇のような頬　　鋼鉄の如き意思　　氷のような刃

人生は旅のようだ　　彼は鬼のような人だ

しかし、右のような直喩はありふれたもので、誰もが見慣れていますから作品に使用しても印象的な効果は望めません。左の例を見てください。

よもぎパンみたいに山が膨らむよ　多田　誠子

窓開けるようにテレビをつけに行く　岡田　和子

焼香のように胡麻塩振り掛ける　髙尾　育樹

いずれも、持ってきた「たとえ」が的確です。それは、頭で無理にひねり出したのではなく、作者が実際

の手つきを、「焼香のようだ」と感じなければ、このような句はうまれません。

●——隠喩（暗喩・メタファー）

隠喩は、暗喩あるいはメタファーとも言います。形としては直喩から「ような」とか「ごとし」という言葉を隠したものになります。先ほどの直喩を隠喩にしますと、

薔薇の頬　　鋼鉄の意思　　氷の刃
人生は旅だ　　彼は鬼だ

となります。やはりこのように見慣れたものは陳腐に感じますから安易に使用しないほうがいいでしょう。

一族は口の開かぬピスタチオ　　久場征子
汗かいて体の膿をしぼり出す　　森川あらた

直喩ならば「ピスタチオのような一族」となります。「ような」を外してピスタチオと一族を結びつけるのは強引過ぎる感じもしますが、多くの人が「口の開かぬピスタチオの鬱陶しさ」を経験していますので、理解できないことはなく、独創的なおもしろさがあります。

また、「汗は体の膿のようだ」を省略していきなり「体の膿」とした比喩が大胆でユニークです。

このように、隠喩は「ような」とか「ごとし」という説明を省略していますので読者の想像力を刺激し、直喩よりも強い印象を与えます。持ってくる「たとえ」も意外性のあるものが効果的ですが、離れ過ぎていると分かりにくくなる恐れがあります。

●――活喩（擬人法・擬物法）

活喩には、「擬人法」と「擬物法」があります。擬人法は「人間ではないものを人間のように表現する」ことであり、擬物法は「人間を人間でないものに置き換える」ことです。次に挙げた例では前が擬人、後が擬物になります。

海が怒る　　山が招く　　花が笑う　　鳥が歌う

生き字引　　我が家の大黒柱　　杓子定規な人

日本には擬人化した慣用語がたくさんあります。それは、私たちのこころに「どんなものにも魂がある」という万物平等の想いがあるからでしょう。その想いを大切にして、草花や動物が語りかけてくるものを受け止め、彼らの代弁者となるのも川柳作家の役目の一つです。次の例では、前の三句が擬人で後の二句が擬物となります。

竹の子が食べて食べてとのびている　　秋野　信子

やがてこうなるよと枯葉舞い落ちる　渡辺　恒男
死んでたまるか泳ぎ続けているイワシ　長谷川博子
靖国に参るペンギンさんの列　前田　咲二
こっそりと辞書を調べる生き字引　伊藤　喜人

●張喩（誇張法）

張喩は物事を誇張して表現することで「誇張法」とも言われています。大きく形容するのも小さく形容するのも一緒にして誇張法と呼ばれることが多いのですが、大きく誇張することを「過大誇張」、小さく誇張することを「過小誇張」と分類することもあります。具体例で言えば、前二行が過大誇張で、後の一行が過小誇張です。

疲れて死にそう　宇宙のような心　燃える想い
一日千秋の想い　海より深い恩義　白髪三千丈
蚊の泣くような声　猫の額ほどの土地　虫の息

作品の例では、

落ち込んだ日の景色には色がない　岩倉　鈴野
心配を止めたら羽根が生えてきた　指宿千枝子

団地ごと墓地になりそう高齢化

橋倉久美子

右、いずれも物事を大げさに言っています。しかし、確かに落ち込んだ日の周囲はモノクロの世界のように感じます。

また、「羽根が生えてきた」をそのまま受け取ると「嘘」になってしまいますが、これは他人を騙すために言っているのではなく、「そのように感じた」と言っているのですから嘘ではなく真実の想いです。

「団地ごと墓になりそう」も穏やかならぬ表現で、決してそのようにならないのは自明ですが、作者が団地を見ての実感ですから嘘とか法螺ではありません。

●換喩

年配の方でしたら「勘太郎月夜唄」という歌をご存じでしょう。私もたまにカラオケで歌いますが、その三番は「菊は栄える　葵は枯れる」で始まります。この「菊」は皇室(朝廷)を示し、「葵」は徳川幕府を示しているのは歴史に疎い私でも分かります。

このように、シンボル的なものを取り上げて本体を類推させる手法を「換喩」といいます。東京大学を「赤門」と言ったり、おまわりさんに捕まったことを「パトカーに捕まった」というのも同じです。次の「背広」や「ラッパ」も何を示しているのか、容易に類推できるでしょう。

リストラの滝に打たれている背広

阿部闘句郎

靖国に眠るラッパが鳴り出した　中前　棋人

声喩（擬声語・オノマトペ）

声喩とは擬声語のことでオノマトペとも言い、細分しますと「擬音語」と「擬態語」になります。擬音語は、にんげんや動物の声、そして物体が発する音などを真似た言葉。擬態語は、聴覚では感じないものを言葉で表現したものです。左のカタカナで表記したものが擬音語、ひらがな表記が擬態語です。もちろん、ひらがな・カタカナどちらで表記してもかまいません。

ガヤガヤ　ワンワン　ドッスン　ガタピシ
おずおず　いそいそ　ゆったり　すたこら

このようなありふれたものではなく、あなたの感覚で新しい擬声語を生み出してください。たまには思い切った表現で仲間をビックリさせるのも愉快です。

こめかみにグワングワンとくる我慢　石橋　芳山
チャカポコと春が来た来た鄙の風呂　佐竹三紀枝
うだうだとしてさえいれば治る風邪　伊藤　益男
泣き止んでシャンシャンシャンと雪になる　渡辺　美輪
肉体にちんちろりんな穴がある　なかはられいこ

理論は理解して横へ

「小学一年生の子が登校途中、薄暗い曇り空を見上げて、『ワー、朝から夕方だ！』と叫んでいました。それを聞いて思わず笑ってしまいました」というのは、某新聞の読者コーナーで読んだ話です。十年以上も前のことですが、いまだに覚えているのは、そのまま詩の一連になりそうな「朝から夕方だ」という言葉が持つ力です。

普通なら「朝から夕方のようだ」と言うべきところを、「ようだ」を省いて「朝から夕方だ！」と叫んだのは、この子が隠喩（メタファー）という修辞法（レトリック）を知っていたからではありません。思ったままを言っただけです。この「思ったままを言う」ことが「川柳の基本であり極意」です。そのことは、第二項の「理論に惑わされるな」でも述べています。

理論は川柳を作るときには役に立ちません。むしろ邪魔になるぐらいで、理論的に考え知恵で構築した句は、技巧ばかりが先行して真実味がありません。理論や技法は一応理解して、そして、横へ置いておきましょう。

ただ、発表した作品を省みるとき、あるいは、他者の作品の鑑賞や批評するときには必要です。理論の裏付けもなく「なんとなく良くない」とか「感動した」だけでは誰も納得しません。従って、作句段階では理屈を遠ざけ、必要に応じて理論的に分析するという対応をお勧めします。

言葉の取捨選択

No.020

説明過剰ではないか?

川柳は「省略の文芸」と言われています。それは、わずかな語句で表現する形式のため、言葉を省略し「言外の想い」を読者に伝えなければならないからです。この「言外の想い」が「余韻」であり、説明し過ぎますと余韻のない句になってしまいます。また、川柳は「読者を尊敬する文芸」とも言われています。「尊敬する」ということは、「読者は賢明であるから、これぐらいは省略しても理解してくれる」という姿勢で向かうことです。逆に言えば、説明過剰な句は読者の理解力や洞察力を侮っていることになります。

初心者の句に説明が多いのは、散文と同じような書き方をしているのが主な原因です(散文と韻文の違いは、No.12で述べていますから読み直してください)。

手紙などでは、言葉を省略すると意思が通じないことがありますので、誤解されぬよう丁寧に書かなければなりません。その行き届いた書き方が身についているために、川柳でもあれこれ詳しく書こうとするのでしょう。

若葉マークで孫が雪道来る不安

右の句は七・七・五の十九音になっています。どうしても十七音にまとまらない場合は字余りでもやむを得ませんが、これは再考の余地があります。

この句の作句動機は、「運転の未熟な孫が、雪道で走ることに対する不安感」です。その不安感をそのまま「不安」という言葉で表しますと、読者には鑑賞の余地がなく余韻もなくなります。では、「不安」を外してみましょう。

若葉マークで孫が雪道やって来る

これでかなり良くなりました。が、「若葉マークで」の「で」に少し説明的な感じが残っています。しかも、まだ七・七・五ですから、なんとか「で」を外せないか、そして、五・七・五にならないか、もう少し工夫してみます。このようにリズムを調整するときは、言葉の順番を替えるとうまくまとまる場合があります。

試みに「雪道」を上に持って行き「やって来る」を「来る」にしますと、

雪道を若葉マークの孫が来る

これでスッキリ五・七・五です。このように自分の感情を言わず状況を描写するだけで、賢明な読者は「作者の不安感」を感じ取ってくれます。

なお、前項に出てきた比喩の分類に当てはめますと、「若葉マーク」は「運転未熟者」あるいは「免許取り立ての人が運転する車」の換喩になります。

財力にものを言わせる浅ましさ

老い意識せず働けるありがたし

幸せは孫が笑顔でやってくる
哀しいね幼児虐待するなんて

右の句の「浅ましさ」「ありがたし」「幸せは」「哀しいね」は、すべて説明過剰です。財力にものを言わせるのは「浅ましい」と誰もが思っていますから、作者がわざわざ「浅ましさ」と言う必要はありません。そして、老いを意識せずに働けるのは「ありがたい」ことに違いありませんから、「ありがたし」というのは余分です。

また、孫が笑顔でやってくるのは幸せなことであり、幼児虐待は哀しいことなのは当然ですから「幸せは」も「哀しいね」も言わずもがなであり説明過剰になります。

このように、「浅ましい」とか「ありがたい」「幸せ」「哀しい」などという言葉は、作者の感情を説明していることになりますから避けたほうがいいでしょう。

満開の桜に嫉妬するわたし
本堂で素直になってゆくわたし
病院の世話になりたくないわたし

右、いずれも「わたし」が説明過剰です。「自分を詠う形」の章でも述べましたが、現代川柳は自分を詠うのが主流ですから、「僕」とか「わたし」などの主語がなくても主観を述べている句は作者のことを詠っていると解釈されます。右三句とも「嫉妬する」「素直になってゆく」「世話になりたくない」と述べていますから、「わたし」がなくても作者のことであるとハッキリ分かります。

もちろん、主語がなければ誰のことか分かりにくい場合は、「わたし」や「僕」を入れてもかまいません。

●——具体的に述べているのか?

作品として大切な条件の一つが「真実味(リアリティー)」です。読者は賢明で洞察力がありますから、嘘ごとや作りごとの句はすぐに見破ってしまいます。誰しも、読んだ瞬間に「嘘!」と感じますと感動などするわけがありません。

作品に真実味を持たせるのは簡単です。嘘を言わず真実の想いと事実をそのまま述べればいいのです。

家計簿にペットの食費つけている

これはこれでいいのですが、ちょっと不満なのは「ペット」です。ペットと一口に言っても、犬や猫やハムスター等いろいろなものがいます。「ペット」だけでしたら、作者が何を飼っているのか分かりませんので真実味が希薄です。猫を飼っているのでしたら、

家計簿に猫の食費もつけている

と具体的に言えば、状況が明白で真実味を持って読者に伝わってきます。「ペット」でしたら一般論の形ですが、「猫」によって作者自身のことになります。

深入りが過ぎて火傷をしてしまう

右の句、具体的なことが何一つ示されていませんので、何に深入りしたのか、どのような痛手を受けたのかサッパリ分かりません。そのような事実などないのに、頭で考えただけの「嘘ごと」のように感じてしまいます。もし、それが事実であれば「何をして、どのような傷を受けたのか」を言わなければ、読者のこころに響きません。

しくじったことは誰にも話さない
失禁のことは誰にも話さない　三澤　放舟

右二つを比べてみますと、具体的に述べることがいかに重要であるか分かります。

一句目、「しくじったこと」と言っても読者には何をどのようにしくじったのか分かりませんから、共感も感動もありません。二句目のように、具体的に述べるとドキッとする作品になります。失敗をさらけ出すのが恥ずかしいなどと思っていては、いい作品は生まれません。

こんな日は酒でも飲んで早寝する
こんな日に限って客がやってくる
あの人もきっと持ってる悩みごと
あの人は良い人だったもういない

前二句、「こんな日」と言っていますが、読者には「どんな日だったのか」まったく分かりません。酒でも飲んで早寝したいぐらい不愉快なことがあったのなら、その「不愉快だったこと」を具体的に詠うべきです。客に困惑したのなら、「困惑した理由」を述べなければ伝わりません。

後の二句、それぞれの「あの人」は作者にとっては忘れがたい人なのでしょうが、読者にはどのような人物なのか見当もつきません。「あの人」に限らず誰でも悩みを持っています。「あの人」に限らず誰だっていなくなりますから、右の「あの人」を詠った二句は、「自分の想い」ではない一般論と同じです。一般論は作者自身のことではありませんから、真実味も訴える力もありません。

●――言葉の順序が変ではないか？

まず、次の句を読んでください。

①蒸しタオル我慢している散髪屋
②他愛なく世辞に喜ぶ美容院
③奥入瀬の紅葉見ているテレビジョン

すんなり読めて句の意味も明確に分かったでしょうか？　それぞれを右の形のままで読み下しますと、

①「蒸しタオル我慢している」は直後の「散髪屋」にかかっていますから、「散髪屋さんが蒸しタオルを我慢している」としか読めません。

②「他愛なく世辞に喜ぶ」も、すぐにそのまま「美容院」にかかっていますので、「美容院が他愛ない世辞に喜んでいる」と解釈されます。

③同じように、「奥入瀬の紅葉見ている」は「テレビジョン」にかかっていますから、「テレビジョンが紅葉を見ている」となってしまいます。

もちろん、それぞれは、「作者が、散髪屋で蒸しタオルを我慢している」であり、「作者が、美容師の世辞に他愛なく喜んでいる」であり、「作者が、テレビジョンで紅葉を見ている」であろうと推定できます。それは、「散髪屋さんが蒸しタオルを我慢しているのは変だ…」とか「美容院が世辞を受けるのは変だ…」とか「テレビが紅葉を見るのは理屈に合わない」などと首を傾げた結果の推定です。

このような例はときどきあります。「その程度のことは、川柳に慣れていたら分かる」という人もいますが、それは仲間同士の馴れ合いであって、一般の人から見ると変な形であるのは間違いありません。

言葉の順序を組み替えてもうまくまとまらないものは、思い切って捨てるべきです。どうしてもあきらめ切れない素材は、要点だけを記録して、後日ゆっくり見直せば良い考えが浮かぶこともあります。

No.021

下五の止め方、ら(い)抜き言葉

下五の止め方を考える

作文の技法として、あるいは物語を構成する手法として「起承転結」とか「序破急」という言葉がありま す。これらの手法は基本の一つにすぎず、すべての文章や物語がこのような構成になっているわけでは ありません。また、「起承転結」をキッチリ守っただけで優れたストーリーが生まれるわけではありませ ん。

膨大な言葉を使用できる物語でさえこのようなことですから、わずか十七音の構成を細かく分けて考 えることに意義があるとは思えません。そのことを承知の上で、あえて下五の形を考えようというのは、 下五の止め方によって句の印象がかなり違ってくるからです。

下五の止め方を大きく分けますと、「終止形による止め方」と「連用形による止め方」と「体言による止 め方」があります。それぞれの特徴について具体例を挙げて考えて行きましょう。

〔終止形による止め方(終止止め)〕

終止形というのは、動詞、形容詞、助動詞の活用形の一つで、文章の終わりに用いる形です。この終止

形で止める形を本稿では「終止止め」と言います。例では、

幸せな時にはじっと手を見ない　小野真備雄
早起きをすれば昼寝がしたくなる　横山　貴子
ひげを立て子猫は風の中にいた　山本トラ夫
ほめことば麻薬の如く心地良い　内田　厚子
街の恥にならないようにゴミ拾う　中本　仁美

など等、終止止めでは作者自身の行動や想いをハッキリ述べた形になり、読者に訴える力が強くなります。また、言い切った形ですので何ものにも頼らず一句として独立している印象があります。

現代川柳は「自分を詠う」ことが当然のようになってきています。そして、自らの主観を明確に述べるには、終止止めが適していますので、発表される作品の多くがこの形になっています。

〈連用形による止め方（連用止め）〉

連用形も活用形の一つで、次に続く言葉を持つ形です。簡単に言えば「言葉がまだ続く形」です。連用形による止め方（以下「連用止め」と記す）の具体例では、

肩書きのない身忘れっぽく暮し　相元　紋太
よい酒の客家中で送り出し　藤島　茶六

八十の恋村中をかけめぐり　　岡野すみれ
今夜咲く月下美人を妻と待ち　　荻原　柳絮
台風にバラバラ家族肩を組み　　伊藤　伝平

この連用止めの根っ子は、遥かに川柳の誕生に遡ります。

「リズムを考える」の項で、川柳は前句付から始まったことを述べました。すなわち、前句に付けた句(付句)が独立したのが川柳です。前句から独立はしましたが、前句との連続性という表現形式は捨て切れず、連用止めという形で今日まで受け継がれてきました。

このように、連用止めは川柳の伝統を受け継ぐ形であり、他の文芸には見られない川柳独特の個性でもあります。連続性の語尾による余韻や軽快さは捨てがたいものがあり、この形を好む人も少なからずいます。

ただ、古川柳にこの連用止めが多く見受けられますので、終止止めの句と比較すると、古い印象を受けるのはやむを得ません。中でも、具体例の前二句、「暮し」「送り出し」は、他人事を無責任に詠っているように誤解されることもあり、また、連用止めの中でもとりわけ前時代的な感じがしますので、できるだけ避けたほうがいいでしょう。

試みに、この二句を終止形にしますと、

肩書きのない身忘れっぽく暮す

よい酒の客家中で送り出す

となって、作者自身の行動を詠っているのが明確になります。元の句の作者、椙元紋太、藤島茶六、ともに大正から昭和にかけて活躍した作家で、現在でもその作風は多くの人から慕われています。そのような大家の作品を云々するのは畏れ多いことですが、時代の流れ、作風の移り変わりを検証する好例であると判断して、敢えて取り上げたものです。

但し、「ありがたし」とか「うずたかし」などの終止形のものは対象ではありません。

〔体言による止め方(体言止め)(名詞止め)〕

体言というのは、活用形のない自立した言葉、すなわち名詞や代名詞のことです。体言による止め方を「体言止め」と言いますが、名詞での止め方が一般的ですので、本稿では「名詞止め」と記します。具体例では、

欠けてから存在感を誇示する歯　木天　麦青
ぼんやりと寝るには早い星月夜　下田　幸子
またひとつ臆病になる誕生日　板垣　孝志
有り難うよろめきながら立てる足　野口　節子
結局は値段で決める昼ごはん　堀　正和

名詞止めの句は、腰が据わって落ち着いた印象を受けます。また、音読したときの歯切れの良さは終止形よりも勝っています。ただ、注意しなければならないのは、「上五・中七が下五の名詞を説明しているだけ」という形になりやすいこと、そして、詠い方が同じスタイルで一本調子になってしまうことです。

夕方は誰も通らぬ田舎道

右の「夕方は誰も通らぬ」は「田舎道」を説明しているだけ、「田舎道というものはこのようなものである」と言っているだけです。もちろん、作者は寂しさや侘しさという「自分の想い」を表明したかったのでしょうが、そこまでは表現できていません。

ごく稀に、「名詞止めは避けなさい」と指導する人もいるようですが、その理由は、右のような説明句になることを嫌っているためだと推定します。しかし、具体例五句のように、良い句もたくさんありますので、ことさら名詞止めを敬遠することはありません。

〔ワンポイント・アドバイス〕

同人誌などに複数の句を発表する場合は、同じ止め方の句ばかり並べないように配慮しましょう。五句とか十句が審査対象となる川柳賞などに応募するときも同様です。

下五は印象に残る部分ですから、名詞止めの句ばかりずらりと並べたり、「…〇〇〇〇る」という同じ形の終止止めばかり並べると、どうしても「ワン・パターン」とか「一本調子」という感じがするものです。

もちろん、作品は一句ずつ独立して評価されるべきものですが、まとめて発表する場合は、隣り合う句との調和や、全体のバランスを考えるのも表現技術です。

●──ら抜き言葉・い抜き言葉

日本語が乱れている例で、いつも指摘されるのが「ら抜き言葉」と「い抜き言葉」です。例えば、

寝られない　↓　寝れない　（ら抜き）
考えられない　↓　考えれない　（ら抜き）
覗いている　↓　覗いてる　（い抜き）
洗っている　↓　洗ってる　（い抜き）

このような「ら抜き」や「い抜き」言葉は、テレビや若者の会話では当然のように使用されていますので、だんだん耳になれてきました。しかし、川柳の中で使用しますと違和感が際立ちますから、気をつけなければなりません。例えば、

①捨てれない母が遺したツゲの櫛　（ら抜き）
　捨てられぬ母が遺したツゲの櫛　（ら抜き解消）
②意識して呼吸をしてる八十路坂　（い抜き）

意識して呼吸している八十路坂　（い抜き解消）

①の、「捨てれない」という「ら抜き言葉」がいかにも不自然です。少し考えますと「捨てられぬ」に訂正できるにもかかわらず、再考せずに提出したのは、「捨てれない」に違和感を持っていなかったのでしょう。

②では、「してる」が「い抜き言葉」ですから、「呼吸している」と変えるだけで簡単に解消できます。

文芸を志す者が言葉に無頓着ではいけません。日常の会話で使用されている言葉でも、作品に取り入れるときには慎重に吟味したいものです。

むっとしただけで血圧上がってる
人事課がひそかに愚痴を拾ってる
うなだれる自分をいつも叱ってる

右の三句を読んで、あなたはどのように感じたでしょうか。「違和感などなかった」という人は、「い抜き言葉」に慣れているのでしょう。「い抜き言葉」は「ら抜き言葉」よりも会話で頻繁に使われていますから、気になる人は少なくなっているのかも知れません。しかし、文芸作品として提出されると不自然さが目立ちます。

試みに「い」を入れますと「上がっている」「拾っている」「叱っている」となって違和感は解消されますが、下六になってしまいます。少々の違和感は我慢して下五のリズムを守るのか、「い抜き言葉」を嫌って下六にするのか、あなた自身が考え判断しなければなりません。

この事例につきましては、本講座No.14「リズムを考える」の「下五の字余り」でも取り上げています。参考のために再読してください。

特殊な表現と誤用

No.022

会話体を考える

最近、と言っても十数年前からのことですが、会話の言葉遣いをそのまま書き写した文体、いわゆる「会話体」の句が、目につくようになりました。例えば、

①家事育児自分のためにしましょうよ　池内かおり
②美人なのにくわえ煙草は嫌だなあ　池内かおり
③長所って鼻につく日もあるのよね　竹内ゆみこ
④幸せってちょっと苦しいものですね　竹内ゆみこ
⑤老けたのは夫だけではないのよね　安藤はるみ

それぞれ、友人や家族との会話の一部を切り取ってきたような、あるいは、自分に語りかけているよう

な感じがします。後世に残る名作を、などという大上段に振り構えた勇ましさなどはなく、その軽快さは新しい川柳の可能性さえ感じさせます。

しかし、①②は、日常の当たりさわりのない話題を言っているだけで、作者独自の見解が見えません。「家事や育児は誰のためでもなく、ほかならぬ自分のためである」ということは、特別に新しい意見でもなく、多くの主婦が思っていることでしょう。加えて、その話し方が説教調になっているのも気になるところです。

また、美人ならずとも「女性がくわえ煙草をしているのは見苦しい」というのも常識的な考えです。

一方、③④は、作者独自の見解をひそませています。

にんげんの長所と短所は表裏一体です。他人の長所を褒めるのではなく、「長所も鼻につく日がある」とと述べているところに独自性があります。いや、そのように感じている人は作者だけではないでしょうが、勇気を持ってこのように述べた句は稀です。

また、「幸せを失うことの不安感」とか、「充実感と緊張感」などの複雑な感情を、「ちょっと苦しい」と表現したのも的確でユニークです。

⑤は、他者との会話というよりも、自分に言い聞かせている感じがします。「夫だけが歳を取ったのではない」という、当然のことでありながら認めたくない事実を、しぶしぶ認めようとする語り口が面白い味を出しています。

会話体の句は思ったことを会話形式で述べるだけですから、簡単に作れそうに思えます。舞台裏では苦心惨憺してようやく五・七・五にまとめた句だとしても、表面的には創作という感じは薄く、「日常の会話を持ってきただけ」と、単純に受け止められがちです。従って、会話体をつかった川柳は、文芸作品として高く評価されにくいのが残念なところです。

●——文語体を考える

川柳は話し言葉を基準とした「口語体」によって書き表すことを基本としています。これまで本講座で紹介してきた作品も口語体のものばかりです。しかし、稀に「文語体」で表現した句もあります。文語体とは、平安時代の言葉を元に形成された文体で、もっぱら「書き言葉」として戦前の公文書などに使用されていました。現在では俳句や短歌、そして、少し改まった文書などに見受けられます。

孤高とはかくなるものか木守柿　大木　俊秀

まほろばの歴史を深く学ばんか　天正　千梢

みまかりて後の誹謗は耐えがたし　寺尾　俊平

右の、「かくなるものか」「学ばんか」そして、「みまかりて」「耐えがたし」という表現が文語体です。これを口語体にしますと、

孤高とはこんなものかな木守柿

まほろばの歴史を深く学ぼうか
　みまかって後の誹謗は耐えがたい

となります。それぞれ、親しみやすくはなりましたが、元の句の格調や凛々しさは薄れています。

　このように、文語体は堅苦しく感じますが、その特長を生かして、内容の重たい句に使用しますと独特の風格を持たせることができます。ただ、文語体は口語体とは語彙も文法も違ってきますから、慣れていない人にとっては扱いにくいものです。初心者の皆さんは無理にチャレンジする必要はありません。あくまでも口語体による表現を目指し、「この内容なら文語体のほうが効果的か?」と思ったときに試してみる程度でいいでしょう。

●――方言を考える

川柳は、共通語(標準語)で表現するのが基本ですが、国訛りを取り入れた「方言川柳」もあります。

方言川柳はどこの県にもありますが、いちばん多く目に付くのは大阪弁のものです。川柳が盛んな土地柄もありますが、関西出身のお笑いタレントの活躍などで、大阪弁が全国的に発信され、今や方言というよりも第二共通語のように認知されていること、そして、語り口のおもしろさが川柳に合っているためでしょう。


わろてんといっぺん怒ったりなはれ　　河内　天笑

年だっせ年だんなあと太鼓橋　森中恵美子
いつまでも暑おまんなと彼岸過ぎ　中田たつお
かなんねん好きなおひとの煙かて　内藤　光枝
気いつけや言うて嫁はん転んでる　笠田　幹治

右それぞれ、大阪弁で音読しなければ味が出ません。特に一句目の、「わろてんと…」は、はじめから終わりまで、こてこての大阪弁で構成されていますから、共通語のアクセントでは口誦することさえむつかしいでしょう。そして、この句を共通語に訳しますと「笑ってばかりいないで、一度叱ってやりなさい」となって、おもしろさが半減してしまいます。句の内容もさることながら、「大阪弁の味」を存分に発揮した作品です。

このように、方言の温かみとか微妙なおもしろさは、その地域以外の人には伝わりにくいものです。従って、方言川柳は全国大会などに提出するには不向きで、いわば、地方限定版と考えるべきでしょう。

左の句は各地の方言川柳です。それぞれ何県か推定してください。（解答は本項の末尾にあります）

①　またきい《来てね》よ手を振る母がこもうなる《小さくなる》　北村　和枝
②　おきゃーす《やめなさい》かやぐい《弱い》吊橋おそぎぁーぜ《恐いぞ》　川本きよし
③　おめらえ《お宅では》のええもごさ《婿さん》までえがった《良かった》な　坂本香代子

④　てげてげ《ほどほど》の距離を守っている平和　　本田　智彦
⑤　ちばりよー《頑張れよ》祖父の一声奮起する　　下地　安子

●反復（リフレイン）の効果

ここで言う反復とは「同じ言葉を繰り返す」ことで、「リフレイン」とも言います。わずか一行や二行の短い文章の中で同じ言葉を繰り返すとくどい感じがします。しかし、「詩」では、意識して重複させることによって、印象深い効果を発揮することがあります。短詩である川柳においても同様で、しばしばこころに残る句が生まれています

勝ち逃げを狙っているな勝ち組は　　松橋　帆波
土踏まずに土を踏ませて安らぎぬ　　西出　楓楽
愚痴言わぬ人には愚痴をひっこめる　　神夏磯典子
気の小さい男は小さい文字を書く　　行天　千代
自転車が足の子　自転車でさがす　　毛利　由美

右、それぞれ声に出して読んでください。「かち、かち」「つち、つち」「ぐち、ぐち」「ちさい、ちさい」「じてんしゃ、じてんしゃ」など、同じ言葉の繰り返しが、心地良いリズムを生み出しているのが分かります。

そして、この反復のリズムによって、読む人のこころを「コンコン！」と、ノックしているような感じがし

ます。

ただ、「会話体」と同じようにこの「リフレイン」も目立つ形ですから、使用し過ぎますとマンネリとかワン・パターンと思われてしまいます。

また、最初から「今回はリフレインを使おう」などと、表現方法を決めてかかるのは邪道です。いつの場合も「想い」が主で「表現」は従でなければなりません。表明したい想いが生じてから表現に移るのが、すべての創作に共通する基本的な道筋です。

●――重言(トートロジー)に注意

前章のリフレインと似て非なる言葉遣いで「重言(トートロジー)」あるいは、「同語反復」と呼ばれるものがあります。同語反復では前章の反復とまぎらわしいのでここでは重言と記します。重言とは、

馬から落馬　電車に乗車　電球の球　水が増水
日本へ来日　莫大な巨費　色が変色　古い老舗
配慮を払う　今の現状　必ず必要　赤く赤面

など等、同じ意味の言葉を重ねることを言います。それぞれ、物事を「詳しく説明したい」あるいは「強調したい」という意識から、このような表現になってしまうのでしょう。他には、「違和感を感じる」とか「思いがけないハプニング」なども散文ではよくある例です。

先ほどの反復（リフレイン）は表現上の技法ですが、この重言は誤用ですから注意してください。

（方言川柳の解答）①高知県　②愛知県　③茨城県　④鹿児島県　⑤沖縄県

No.023

説明句・報告句、難解句

●――説明句とは？　報告句とは？

自分ではうまく出来たと思った作品でも、「説明句なので良くない」とか、「報告しているだけだ」と指摘されることがあります。「良い句と評価されている句も同じように報告しているだけなのに、どこが違うのだろう？」と疑問を持たれたこともあるでしょう。本章では、この説明句と報告句について考えてみます。

〔説明句〕

説明句は解説句とも言われ、物事を説明しているだけの句のことです。例えば、

虫食い野菜安全だから喜ばれ

右の句は、虫食い野菜が喜ばれている理由を「安全だから」と説明しています。なぜ安全かと言えば「虫が食っている野菜は農薬が使用されていない証拠だから」ということでしょう。論理的ではありますが、

句の形としては「虫食い野菜が喜ばれているる理由を説明しているだけ」であって、作者独自の想いが入っていません。このように物事を解説しているだけのものは、作者がすべて言い尽くして答えまで出していますので、鑑賞の余地がなく感動を呼びません。

〔報告句〕

報告句も説明句と似ています。説明句は理論的に物事を説明しているだけですが、報告句は状況とか行動を報告しているだけの形になっています。例えば、

①散歩する空にうっすら昼の月

②遅咲きのツツジがやっと咲きました

①は、散歩しているときに淡い昼の月を見つけた。②は、遅咲きのツツジがやっと咲いた。それぞれ、事象を報告しているだけで、作者独自の想いがありません。①では「うっすら」、②では「やっと」という言葉に少し「想い」は入っています。そして、作句動機も「うっすらと見えたから」「やっと咲いたのを見たから」でしょうが、形としては、見たことをそのまま報告しているだけで、作者が受けた感動などは全く伝わってきません。

③今日もまた無事に目覚めて顔洗う

④本日も無事に目覚めて歯を磨く

⑤身の置き場なくて鴨居にぶら下がる　丸山　進

右の三句を読み比べてください。形としてはいずれも自分の行動を報告しているだけです。そして、その行動の背景を、③④は「無事に目覚めて」、⑤は「身の置き場なくて」と述べています。そこまでは三句とも同じパターンで展開しています。しかし、それに続く「顔洗う」「歯を磨く」は極めて常識的な行動ですが、「鴨居にぶら下がる」は尋常ではありません。当たり前の日常を述べているだけでは報告にすぎませんが、意表をついた展開には作者の想いが強く反映されています。このように、形としては報告しているだけになっていても、作者独自の想いが込められた句は、単なる報告句ではありません。

●――二物衝撃とは？

二物衝撃は「モンタージュ」とも言います。モンタージュは映画用語で、複数の場面を交錯させることによって、観客の知覚に刺激を与える手法です。川柳では、一つの句の中にAを述べていることと、Bを述べていることを並べる形になります。このような手法は新しいものではなく、「取り合わせの妙」として昔から使われています。

①春の雨象が死んだというニュース　安藤寿美子

②菊日和　飽くことのない米の飯　春城　年代

③月朧　草食獣はみな眠り　古谷　恭一

①の「春の雨（A）」と「象が死んだというニュース（B）」に、因果関係はありません。敢えて関連付ける

と、「雨の日に、象が死んだというニュースを聞いた」あるいは、「象の死は、雨のようにこころに沁みる」でしょうか。しかし、そのように無理に結びつけると、この句の良さが消えてしまいます。「春の雨(A)」と「象の死(B)」が異質であるからこそ、想像力を刺激され、AとBの距離に読者それぞれの想いを漂わせることができるのです。

二物衝撃の句は、理性で理解するのではなく、感性で味わう句です。理性で理解しようとすれば「AとBはどのような関係があるのだろう」などと考え込んで、「分からない句」になってしまいます。これまでの句は、「分かる、分からない」で評価していましたが、この二物衝撃の句に対しては「感じる、感じない」の物差しが必要です。

②③は、AとBを一文字分の空間によって切り離して対比させています。一章が二つに区切られていますので「二句一章」と言い、二物衝撃の作品に多く見られます。この一文字分の空間によって読者の目を立ち止まらせ、想いを広げさせています。

●――難解な句を考察する

いくら考えても「サッパリ分からない」という句があります。その「分からない」にもいろいろあって、

①難しくて何を言っているのか分からない。

②言っていることは分かるが、その良さが分からない。

など、大まかに分けるとこの二つになります。一般に「難解句」と呼ばれるものは①を指します。

また、難解と受け止められる原因も、読み手に責任がある場合と、作者側に責任がある場合があります。

〔読み手の責任〕

①読み解く力が足りない。

②感性から生まれた句を理詰めで解こうとしている。

読み解く力は経験で身についてきますから焦る必要はありません。それよりも、読み手として大切なのは「分かった振りをしない」こと、「感動した振りをしない」ことです。分からない句の多くは左に挙げているように、ほとんどが作者側の責任ですから、分からなくても恥ずかしくはありません。また、性格や感性が甚だしく異なる作者の句がこころに響きにくいのは誰しも同じです。

〔作者の責任〕

①伝達性を無視している。

②難しい句のほうが上等だと思っている。

③想いも言葉も整理できていない句を出している。

④二物衝撃の取り合わせが離れすぎている。

①②は論外です。伝達性の欠如は文芸作品として最大の欠陥です。難しい言葉で難しく表現するより、平易な言葉で分かりやすく述べるほうが格段に優れた句になります。

③は、言いたいことを一つに絞れば解決します。
難解な句でいちばん多いのは④です。二物衝撃を狙って取り合わせたAとB（前章参照）の距離が離れすぎると分かりにくい句になります。その原因としては、
イ作者がインスピレーションを得て取り合わせたAとBが、読み手の受容力を超えていて、インスピレーションの片鱗も感じることができない。

ロ作者に作句動機となるインスピレーションなどはなく、見つけた言葉を取り合わせただけ。

などです。人それぞれ感性が異なりますから、イのように、天才的なヒラメキから生まれた作品が、理解しがたい趣を持っているのは稀にあることです。

問題はロです。作句動機となるヒラメキもなく、見つけ出した言葉を組み合わせるだけの作業は創作ではありません。敢えて言えば「似非創作」です。

このような似非創作が増えている背景には、「衝撃度の比べ合い」があります。二物衝撃は、取り合わせたAとBの距離に比例して衝撃が増します。読者の想像を超えた取り合わせをすれば、インパクトが大きくなるのは当然です。そのインパクトの競い合いが、言葉探しに走らせ、組み合わせの突飛さに走らせているのです。

初心者の皆さんは、そのような似非作品に惑わされてはいけません。「難しそうなことを言っているようだが、何も感じない」という句に接したときに、「自分の感性が鈍いのか」などという悲観は無用で

す。ヒラメキもなく無理に組み合わせた言葉には何の意味もありません。

もちろん、無作為に選んだ言葉を組み合わせただけでもおもしろい味を出す場合があります。しかし、それは作者の創作によって生じたものではなく、偶然に出来たものであり、偶然の産物を狙うのは単なる「言葉遊び」です。

このようなゲームがあります。カードの山を三つ作ります。いろいろな「上五」を書いたカードの山、「中七」の山、そして、「下五」の山です。それぞれの山から無作為にカードを引くと、それが「五・七・五」の川柳の形になっているという遊びです。こうして生まれた「五・七・五」がおもしろいものでも、それは偶然の組み合わせで、創作ではありません。「想い」もなくヒラメキも受けず、言葉を選んで組み合わせるだけの作業は、右のゲームをしているのと同じです。

ただし、このようなゲームで楽しむことを否定しているのではありません。意外な言葉の組み合わせに驚くことによって脳細胞が刺激を受けるでしょう。しかし、ゲームはあくまでも遊びであって創作ではありません。

遊びは簡単に楽しめますが、情熱を注ぎ続けるほどの奥行きはありません。創作は苦痛を伴うこともありますが、会心の作を得たときの喜びと充実感は何ものにも代え難く、終生情熱を傾けても飽きることはありません。

固有名詞、略語、言葉の言い換え

No.024

固有名詞を扱う

固有名詞は、人名やグループ名、地名、商品名など、それ以外には存在しない特定のものを表す名詞であり、法律的に保護されている事柄が多々あります。

固有名詞にはたましいが棲んでいる　たむらあきこ

特に個人名、企業名、商品名は「取り扱い注意」です。他者の名誉を傷つけると名誉毀損罪、企業や商品のイメージを傷つけると業務妨害罪に問われることがあります。

しかし、川柳はにんげんを詠うものですから、暮らしに密接した固有名詞を無視することはできません。トラブルを恐れて避けるのではなく、節度を持って取り組めば独創的な句が生まれます。

〔個人名〕

固有名詞の中でも特に個人名の取り扱いには配慮が必要です。が、大臣クラスの公人や芸能人、有名スポーツ選手の名前を出すのは許容範囲だと考えます。もちろん、いわれのない誹謗や悪質なデマ、個人攻撃はいけません。

左の例句それぞれ、個人を褒めている形ですので、当人から苦情が来ることはないでしょう。

転んでも安藤美姫は色っぽい　井丸　昌紀
ダルビッシュ何時も雄叫びあげている　森口　昭子
真野あずさみたいなママのいいお店　水品　団石
いい試合クリントンでもオバマでも　野田　栄呼

〔企業名〕

会社の名前を入れた句はなかなか作りにくいものです。また、世代を超えて全国的に知られている有名企業が少ないこともあって、企業名を入れた作品はあまり見当たりません。それだけに、ピッタリ決まりますと類のない句になります。もちろん、この場合も企業のイメージを傷つけるような内容はいけません。

アマゾンの奥でもナイキ履いている　高島　啓子
言い馴れぬパナソニックで舌もつれ　井上　敏一
二百年生きねばベンツには乗れぬ　澁谷由紀子
養老乃瀧でビールを飲んでいる　福士　慕情

〔商品名〕

原則として、登録商標は会社側に無断で使用することは禁じられています。使用する場合は商標法にのっとって、「△△は○○社の登録商標です」と、断り書きを入れなければなりません。このような事情から、ベテランの中には「句の中に商品名を入れてはいけない」と指導している人もいます。もちろん、それが基本的な姿勢であるべきです。が、企業主催の「公募川柳」では、商品名を出すことを歓迎しているぐらいですから、悪意を持った扱いでない限りは使用しても構わない、と私は考えます。「身の回りにあふれている商品はすべて川柳の素材」と考えると、川柳のフィールドは一段と広がります。

但し、先ほどの企業名と同じように、句に取り入れる商品名は広く知られているものに限ります。一部の人しか知らないものや新商品などを取り上げると、伝達性に難のある作品になってしまいます。

老いの恋まだカルピスの味がする　森本　吉則
トクホンと匂いが違うサロンパス　山下　渓作
シャネル5をすっかり食ったサロンパス　山根めぐみ
「いいちこ」の意味も知らずに飲んでいる　北田ただよし

〔国名〕

右のように、個人名や企業名、あるいは商品名の取り扱いには配慮が必要ですが、相手が「国」となりますと、少々辛辣なことを言っても本国や大使館から苦情が来るようなことはないでしょう。ただ、誰からも苦情が来ないからといって、外野席から無責任なことを放言しているような内容は感心しません。

また、政治を素材とした句では国名を出すことがしばしばありますが、時事川柳については項を改めて考察します。

日本を目標とする国もある　田代　抄月
アメリカに肩を組まれてほどけない　広瀬　義久
フィリピンの人に介護を頼みたい　青戸　田鶴
中国が汚いうちに行って来る　俵　邦子
ふらんすへ行きたし秋の背広着て　須崎　豆秋

●――略語を扱う

私たちが何気なく使用している言葉の中には、元の言葉を省略した言葉（本稿では略語と記す）がたくさんあります。「サラ金」は「サラリーマン金融」を、「ガム」は「チューインガム」を省略したものであるのはご承知の通り。このように広く認知された略語であれば作品に取り入れても差し支えありませんが、あまり知られていないものや作者が勝手に省略したものなどは避けるべきです。

左は広く認知されている略語の一例です。この程度のものなら使用しても構いません。（括弧内は元の言葉）

通販（通信販売）　自販機（自動販売機）
学割（学生割引）　ケータイ（携帯電話）
リハビリ（リハビリテーション）

マスコミ（マス・コミュニケーション）
ゼネコン（ゼネラル・コントラクター）
NHK　（日本放送協会）
ATM　（現金自動預入支払機）
DNA　（デオキシリボ核酸＝遺伝子）

では、次のものはどうでしょうか。

KY　（K＝空気、Y＝読めない）

これは、周囲の状況に鈍感である「空気が読めない」の頭文字を組み合わせた造語です。この造語には、「仲間内だけで通じればよい」という隠語の閉鎖性を感じます。このような不快とも思える造語も、流行語となって世間に広まりますと、だんだん違和感が薄れて川柳にも使用されるようになってきます。

但し、「いくら広く認知されても略語や造語は使用しない」と毅然とした姿勢を貫く人もいます。その理由は「美しい日本語を守りたい」「正確な言葉遣いをしたい」そして、「略語や造語は嫌い」などではないかと推定します。いずれにしても、表現は自由ですから、略語や造語の使用はあなた自身が考えて判断すべきことです。

なお、「DNA」等、アルファベット表記の是非については、次項「表記を考える」で詳しく考察します。

言葉を言い換える

〔リズム合わせ〕

日本語は語彙が豊富です。同じような事柄を表すのにいくつもの言葉がありますので、リズム合わせや表現の幅を広げるために、いろいろの言い回しを試みるべきです。ただ、よく似た言い回しでも微妙に雰囲気が違ってきますので、句の内容と合わないものは避けます。

・動詞の言い換え例

寝る(二音)　眠る(三音)　まどろむ(四音)

立つ(二音)　佇む(四音)　立ち尽くす(五音)

見る(二音)　見入る(三音)　見詰める(四音)

・形容詞の言い換え例

強い(三音)　手強い(四音)　逞しい(五音)

弱い(三音)　か弱い(四音)　弱々しい(六音)

汚い(四音)　小汚い(五音)　薄汚い(六音)

・名詞の言い換え例

道(二音)　歩道(三音)　遊歩道(五音)

人（二音）　　人間（四音）　　霊長類（六音）
車（三音）　　自動車（四音）　自家用車（五音）

〔ムード合わせ〕

言葉は時代と共に変わっていきます。特に、服飾関係の言葉は流行によって変わりやすく、左の例のように、世代によって違った言い方をしていることがあります。

チョッキ　↓　ベスト　　ジーパン　↓　ジーンズ
バンド　　↓　ベルト　　ズボン　　↓　パンツ
コールテン　↓　コーデュロイ

しかし、かならずしも新しい言葉のほうが良いというものでもありません。例えば、懐かしい雰囲気（レトロなムード）を出したいときは「コート」よりも「外套」のほうがいいでしょう。このように、句の内容によって使用する言葉を吟味することも表現技術です。

但し、言葉を優先させてはいけません。語彙を豊かにする努力も必要ですが、言葉は「想い」を表現する手段にすぎません。「真実の想い」もないのに言葉を選んで組み合わせても、実のない虚しい作品になってしまうのは、何度も述べている通りです。

〔ワンポイント・アドバイス〕

作句中に、「この言葉と同じ意味で、違った言い回しがあったはずだが？」と考え込んで「喉元まで出ているのに…」とイライラすることがあります。そのようなときには「類語辞典」が便利です。いくつもの出版社から出ていますが、句会などへ持って行くにはコンパクトなもので充分です。また、類語辞典が搭載された電子辞書もあります。これから購入する場合は、類語辞典が入っているか確認したほうがいいでしょう。歳を重ねても考察力や洞察力は落ちませんが、記憶力は確実に悪くなって行きます。減退する能力は道具でカバーしましょう。

漢字にするか、平仮名にするか

No025

表記の重要性

これまではリズムや表現について考えてきました。ここでは「表記」について考えます。単なる覚え書きや日記なら、自分だけ理解できればいいのですが、作品として発表するためには、読みやすく、分かりやすく書き表す必要があります。

料理に喩えますと、内容は食材であり、リズムや構成は味付けや火加減など調理技術そのもの。そして、表記は仕上げの盛り付けになります。新鮮な食材を選び調理に腕を振るっても、最後の盛りつけが悪ければせっかくのご馳走も不味そうに見えてしまいます。新鮮な素材を見つけリズム良く構成しても、表記に配慮が足りなければ読みにくい作品になり、意図を誤解されるおそれもあります。

作品を書き記すのは、

新聞柳壇、雑誌柳壇　↓　ハガキ

同人誌、川柳マガジン　↓　投句専用紙

句会、大会　↓　句箋

展示会、壁飾り　↓　色紙、短冊色紙

祝吟、献句、弔吟　↓　句帳、芳名録、色紙

などですが、これから考える「表記」はこれ等すべてのものに対応するものと理解してください。

●――漢字と平仮名の配分

作品を書き表すのは「漢字」「平仮名」「片仮名」「アルファベット」「数字」などですが、これらの文字にはそれぞれ持ち味があります。いちばん多く使用する文字では、

漢字　＝　意味が分かりやすい。

平仮名　＝　やわらかく、読みやすい。

という特徴があります。漢字は一目見ただけでその意味が明確に分かり、平仮名は簡単に読み下せます。

また、漢字と平仮名の配分では、「漢字が三割、平仮名が七割の文章がいちばん読みやすい」という研究結果があります。しかし、これは新聞記事のように何行も連なる散文を対象にしたものです。川柳は一行十七音で完結しますから、少しぐらい偏っても読みにくくなることはありません。従って、この「漢字三割が読みやすい」ということは、頭の隅に置いておくだけで結構です。

では、漢字と平仮名の比率が異なる作品を挙げますので、どの程度になると読みにくいのか、比べてください。

おおまかにどんぐりの木と呼んでいる　古徳奈保子
あなたにもおんなじ月を見てほしい　今井　栄子
この道を来たから会えた人ばかり　吉田あずき
丸い背にお疲れさんと灯が点る　間瀬田紋章
どの人も無口交通事故現場　小佐野昌昭
脳梗塞集中治療室で聞く　久田美代子

前の二句は、九割近くが平仮名です。読みにくいこともなく、句の姿が大らかでやさしく感じられます。

真ん中の二句は、漢字の比率が三割前後で、先ほどの研究結果に近いものです。確かにスムーズに読み下すことができます。後の二句は、漢字が八割近くも占めていて、内容の重さをより強く訴えているように感じます。しかし、「無口交通事故現場」や「脳梗塞集中治療室」など、漢字が八個も続いた部分でちょっとまどいます。このように、漢字が連続すると読みにくくなりますので注意してください。

一方、平仮名ばかりとか漢字ばかりで構成した作品もあります。なぜこのような表記にしたのか、読み比べて作者の意図を考えてください。

つきあかりだけでいきられたらいいね　やすみりえ
しあわせなさかなうまれたうみでしぬ　浜田さつき
ニッポンジンノビショウニハキヲツケロ　髙杉　鬼遊
GWヒトガユクカラワレモユク　山倉　雲平
今至福夕陽波音露天風呂　矢野　良一
蟹高値土産蟹味噌蟹煎餅　中島　春江

このように並べますと、日本語の幅の広さと表現の多様性を改めて感じます。平仮名だけで表現した句は、少し読みにくいですが、平仮名のやわらかい線によって、やさしい内容をより一層やさしくする効果を出しています。

片仮名ばかりの表記は、「第三者のつぶやき」を作者が代弁しているようなおもしろさを演出しています。

また、ここに掲出した漢字ばかりの句は、漢字の特徴を生かして重厚に詠ったというのではなく、珍しさによる「受け狙い」という感じがします。が、いずれも七五調のリズムを重視している姿勢は見えます。

このような特殊な表記は強く印象に残りますので、繰り返すとワンパターンと思われてしまいます。が、平仮名ばかりの句はやさしさを演出するばかりではなく、「あれ?」と立ち止まらせ、内容をゆっくり吟味させる効果もありますので、たまにはチャレンジするのもいいでしょう。

●——漢字にするか、平仮名にするか?

前章の「漢字と平仮名の配分」では、一句全体の表記について考えましたが、ここでは構成している個々の言葉について考えてみます。まず、次の例を読んでください。

①よごれても目立たぬ羽根をもつからす
②七十になったら電化するくりや
③やり残しあると眠れぬそんなたち

右三句、それぞれ下五の「もつからす」「するくりや」「そんなたち」という平仮名で表記された部分がスッキリ読み下すことができません。①の「もつからす」は、「持つカラス」或いは「持つ鴉(烏)」の方が読みやすく一目で意味も分かります、なぜ「もつからす」にしたのか、その意図が不明です。

②の「するくりや」も「する厨」が明快です。「厨」が常用漢字表に入っていないので平仮名にしたのでしょうが、常用漢字にこだわる必要はありません。そのことについては次項で詳しく考察します。

③の「そんなたち」も、このままでは意味不明ですが「損な質」でスッキリです。「そんな質」では「そのような質」とも受け取られますので漢字のほうがいいでしょう。

このように平仮名では意味が分かりにくいところは漢字にしますが、逆に、漢字が連続したときは、どちらかの言葉を平仮名にして読みやすくします。例えば、

今恋に心占領されている　雪本　珠子

今日も又私ひとりのフライパン　小泉ひさ乃

いずれも作者の想いが込められたいい作品ですので作者名をつけて紹介しました。ただ、欲を言えば、「今恋に」「心占領」「又私」という漢字の連続が少し不満です。試みに「いま」「こころ」「また」を平仮名にします。

いま恋にこころ占領されている

今日もまた私ひとりのフライパン

元の句より読みやすく、分かりやすさも損なわれていません。この「又」は、常用漢字表に入ってはいますが、普通の文章に入れても違和感があり扱いにくい漢字ですので、平仮名をお勧めします。

また、「やわらかさ」「やさしさ」という特徴を生かすために、次の漢字はしばしば平仮名で表記されています。

心　こころ　ココロ

人間　にんげん　ニンゲン
友達　ともだち　トモダチ
仏　ほとけ　ホトケ
幸せ　しあわせ　シアワセ

それぞれ印象が違います。「心」より「こころ」、「人間」より「にんげん」のほうが、やさしく温かく感じます。

「ココロ」「ニンゲン」「トモダチ」などの片仮名表記は、この言葉だけを特に強調させたいときに効果的です。が、片仮名は外来語の表記に使用しますので、特別な意図があるときに限っての例外と考えたほうがいいでしょう。

また、左のように、普通は片仮名で表記されているものを難しい漢字にする場合もあります。「懐古的な趣」あるいは「文芸の香り」を強調したいときにピッタリです。

コーヒー　珈琲　ビール　麦酒
レンガ　煉瓦　バラ　薔薇
キリスト　基督　サボテン　仙人掌
カマキリ　蟷螂　トンボ　蜻蛉
アメリカ　亜米利加　フランス　仏蘭西

●平仮名にしたい接続詞・副詞

平仮名を多くすると句の印象が柔らかくやさしくなることは先ほど述べました。しかしながら、名詞や動詞などを平仮名にすると分かりにくくなるのも、先ほどの「もつからす」「するくりや」「そんなたち」のとおりです。平仮名にしても分かりやすいのは、副詞とか接続詞です。

また、副詞や接続詞に使用している漢字は当て字が多い、ということからも平仮名をおすすめします。

〔副詞〕

僅か↓わずか　何故↓なぜ　尚↓なお
何れ↓いずれ　全く↓まったく　如何に↓いかに
未だ↓いまだ　全て↓すべて　直ぐに↓すぐに
先ず↓まず　更に↓さらに　予め↓あらかじめ

〔接続詞〕

但し↓ただし　並びに↓ならびに　及び↓および
故に↓ゆえに　或いは↓あるいは　又↓また
然るに↓しかるに　従って↓したがって

常用漢字とそれ以外の漢字

No.026

常用漢字にしばられない

新聞や雑誌などで使用している漢字は、昭和五十六年に定められた「常用漢字表」に基づいています。その「前書き」は1から5までありますが、特に重要であると思われる1と2を抜粋します。

〔常用漢字表　前書き〕（抜粋）

1　この表は、法令、公用文書、新聞、雑誌、放送など、一般の社会生活において、現代の国語を書き表す場合の漢字使用の目安を示すものである。

2　この表は、科学、技術、芸術その他の各種専門分野や個々人の表記にまで及ぼそうとするものでない。

同じ「川柳」に取り組んでいても、常用漢字に対する考え方や運用は人によって異なります。その違いを端的に言えば、右のいずれを採るかに尽きます。すなわち、

（1）を採る→「川柳も一般社会と同じように、常用漢字で表記すべきであり、表外の漢字は避ける」

（2）を採る→「表現は自由であるから、常用漢字表にしばられる必要はない」

と、なります。あなたがどちらの考え方に賛成するのかは、本講座や先輩の意見、そして、優れた作品を

参考に、あなた自身が熟慮して判断すべきことです。

本講座は、表記に関しては(2)の立場を採っています。その理由は、次の「混ぜ書きを避ける」「代用字の是非を考える」で詳しく説明します。

●混ぜ書きを避ける

一つの単語(言葉)について、漢字と平仮名を混ぜて書き記すことを「混ぜ書き」と言います。次の例では矢印の下が「混ぜ書き」です。

默禱↓黙とう　蔓延↓まん延　語彙↓語い
捏造↓ねつ造　驚愕↓驚がく　熾烈↓し烈

新聞や雑誌などでは、常用漢字表に入っていない漢字は平仮名にしています。従って、このような「混ぜ書き」になってしまうのです。しかし、「読みにくい」「意味が分かりにくい」と感じるのは誰しも同じで、苦情が続出した結果、最近では常用漢字外の文字には振り仮名を打って使用し、混ぜ書きを避けているようです(常用漢字外の文字でも、新聞協会で振り仮名を打たず使用することを決めた漢字もあります)。

新聞記事のような長い文章に使用しても読みにくい混ぜ書きを、川柳に入れますと違和感が際立ちます。例えば、

①声までも母に似てくるまか不思議

②わたくしをめがけむく鳥糞をする

①は「くるまか不思議」のところで「?・」となります。確かに「摩訶不思議」は一つの単語ではありません。「摩訶」と「不思議」は別の言葉ですが、通常「まかふしぎ」は一つの言葉のように扱われていますから「まか不思議」と表記すると、不自然で読みにくくなってしまいます。

②の、「むくどり」は一つの単語ですから、混ぜ書きにすると読みにくくなってしまいます。この場合は、「椋鳥」か「ムクドリ」にすると抵抗なく読み下せます。

いずれも、「常用漢字表にない漢字は避けたい」「読みにくい漢字は平仮名に」という意識からこのような表記にしたのでしょう。しかし、前書き(2)に明記しているように、常用漢字は芸術や専門分野の表記にまで及ぼそうとするものではありません。したがって、常用漢字外の文字を使用しても構いませんから、混ぜ書きは避けてください。

● 代用字の是非を考える

前章で取り上げました「混ぜ書き」を避けるために、国語審議会より「同音の漢字による書きかえ」が発表されています。これは常用漢字表にない漢字を、同音の別の漢字におきかえる方法を示したもので、「代用字」と呼ばれています。左の例では、上が本来の表記であり、下が代用字を用いたものです。

交叉・交差	坐禅・座禅	古稀・古希
日蝕・日食	萎縮・委縮	智恵・知恵
庖丁・包丁	車輛・車両	煽動・扇動
沈澱・沈殿	叡智・英知	芳醇・芳純
詭弁・奇弁	奇蹟・奇跡	棲息・生息

比べてみますと、代用字は少し不自然に感じます。それは、文字の成り立ちや意味が異なるためです。例えば、「叉」という文字は「交わる」の意味がありますので「交差」より「交叉」のほうが自然で理屈に合っています。「萎」は「しぼむ」という意味がありますので、「萎」を代用させた「委縮」ではしっくりしません。また「坐禅」の「坐」は、「すわること」を示す文字です。しかし、「座」は「すわる場所」すなわち「席」を示す言葉で、用法としては「座席」「上座」「政権の座」等です。従って、「坐禅」の代用字「座禅」は不自然です。

新聞や雑誌がこのような代用字を用いていますので、「不自然には思わない」という人も多いことでしょう。しかし、あなたが代用字に違和感を持っているなら、無理に使用することはありません。漢字文化を伝承する意味からも、代用字は避けるべきです。

「日食」より「日蝕」、「車両」より「車輛」、「扇動」より「煽動」、「芳純」よりも「芳醇」のほうがしっくりするという感覚、漢字の成り立ちから考えても自然であるという考え方を、しっかり維持してください。

右の例は、常用漢字表にない文字に代用字を使用したものですが、常用漢字表に入っているにもかかわらず、別の字を当てていることもあります。次の例では、矢印の下が別の字を当てたものですから避けてください。

年齢 ↓ 年令　　五歳 ↓ 五才
午後 ↓ 午后　　肩幅 ↓ 肩巾

このうち「令」や、「才」は許容範囲としてしばしば使われています。しかし、「令」は命じることや掟を意味する文字であり、また、「才」は人の能力を意味する文字です。「齢」や「歳」を表す文字ではありませんから使用せぬよう、注意してください。また、「后」は君主やきさきを表す文字であり、「巾」は布を表す文字ですから、「午后」や「肩巾」という表記はいけません。

●――振り仮名と「読み替え指定」

新聞や雑誌では常用漢字外の文字には振り仮名を打っていますが、川柳の作品には不要です。そのように規定されているわけではありませんが、文芸作品に振り仮名は似合いませんので避けるべきです。

しかし、次のような例を目にすることがあります。

老母《はは》　亡母《はは》　老父《ちち》　亡父《ちち》　病妻《つま》　戦友《とも》
初春《はる》　姑《はは》　夫《つま》　娘《こ》　女《ひと》　男《ひと》　湖《うみ》

それぞれ、「ろうぼ」「ぼうぼ」「ろうふ」と読むべき漢字ですが、五・七・五のリズムに合わせるために、わざわざ振り仮名を打って「読み替え」を指定しています。

また、「姑」「夫」「娘」などは、読み替え指定の振り仮名がなくても、「はは」「つま」「こ」と読むのが約束ごとのようになっています。

しかし、このような「読み替え」は、リズムが重要な要素となる「詩」や、「短詩(川柳、俳句、短歌)」など、いわゆる韻文を基本とする詩形だけの特殊な慣例です。仲間だけに通じる「無理な読ませ方」は感心しません。

①亡母《はは》に似た老人《ひと》に雨傘差しかける

②仏壇の奥から亡父《ちち》の声がする

①では、五・七・五を守るために「亡母」と「老人」に「はは」「ひと」と読み替え指定をしています。この読み替えはどうしても必要なのか、考えてみましょう。

「亡母」と「老人」で、作者の母は他界していること、傘を差しかけた相手が老人であることが分かります。しかし、「亡」と「老」が説明過剰な感じがします。

説明しすぎますと余韻がなくなりますので、これを外しますと、

母に似た人に雨傘差しかける

これで読み替え指定せずに五・七・五にまとまりました。

そのかわり、母が生きているのか亡くなったのかは分かりません。それでいいのです。

この句の趣旨は「母を偲ぶ想い」ですから、わざわざ「亡母」と言わなくても、読者には「作者が母を想っている気持」がしっかり伝わります。

また、「母に似た人」というだけで、老人と推定できますから「老人」の「老」は蛇足です。「雨傘」も「傘」だけで良いのですが、本論から外れますのでここでは言及しません。

②では、「亡父」を「ちち」と読ませています。しかし、「仏壇の奥から」と言っていますので、作者の父は他界しているのは明白に分かります。従って、

仏壇の奥から父の声がする

と、読み替え指定などしなくてもしっかり想いが表現できます。「亡父」の「亡」は説明過剰です。「夫」を「つま」と読ませたり、「戦友」を「とも」と読ませるのも、リズム合わせのためだけのことですから、本来の読み方である「おっと」「せんゆう」で五・七・五に収まるように表現を工夫するのも作句力です。どうしても読み替え指定をしなければ収まらない素材は、思い切って捨ててしまうのも解決策の一つです。

No.027

特殊な表記の扱い方

一字あけ表記

川柳の表記は、句読点を入れず一字あけもせず、頭から終わりまで連続した一行で記すのが基本です。初心者の中には、五、七、五と、三つに分けて書く人がいますが、その必要はありません。わずか一行十七音を三つに分割すると読みにくくなってしまいます。

一行連続が基本ではありますが、一字あけ表記も稀にあります。本講座No.23の「二物衝撃」の一字あけ表記は、取り合わせたAとBを対比させるための空間であり「二句一章」という形のものでした。しかし、本稿での一字あけ表記は、「ここで一呼吸置いてほしい」という意図による空間です。

①神さまお金が落ちています　拾う　石田　都
②ファックスもメールも嫌い　会いに行く　大嶋都嗣子
③朝まではわたしの時間　夜が好き　滝野きみよ
④ご愁傷様　上手に言えたことがない　宮本彩太郎
⑤知恵を出せ　そういわれてもすぐに出ず　鈴木富美子

①は、落ちているお金を見つけたときの「こころの迷い」を一字分の空間によって表現しています。

②は、「想い」から、いきなり「行動」に移る唐突さを一文字分の空間によって納得させています。
③は、「夜が好き」という想いと、その理由を分離させて分かりやすくしています。
④⑤は、「ご愁傷様」や「知恵を出せ」を切り離すことによって「話言葉」であることを明確にしています。

しかしながら、このように、一息入れるポイントを指定する表記に抵抗を感じる人もいます。「区切るところを指定するのは押し付けがましい」「ベテランの読み手は、区切るところを心得ている」という意見もあります。

作品の表記に際しては、右のような考え方も念頭に入れて、まず、基本形である一行連続で書いてみます。そして、自分で読み上げて、読みにくいと感じたり、「どうしてもここで一呼吸置いてほしい」という場合のみ、一字あけ表記にするのが良いでしょう。

●──「　」を用いる

表記でいちばん重要なのは、「読みやすく、分かりやすい」ことであるのは、何度も述べているとおりです。前章の「一字あけ表記」もそのための手段です。そして、一字あけ表記と同じ効果を発揮するのがカギ括弧でくくる方法です。

①「触りますよ」言って胸元さわる医者　　畑　佳余子

②日に焼けた顔で「どうだ！」と出社する　岩名　進
③「頑張れ」に代わる言葉がみつからぬ　安黒登貴枝
④カラス駆除残った一羽「アー」と啼く　村田　絹子
⑤分かりますか「東京ドーム五杯分」　安岡　節夫

それぞれ「医者の言葉」、「自分の想い」「励ましの言葉」「カラスの鳴き声」「喩えている言葉」などを「　」で括って、分かりやすくしています。

このようなカギ括弧でくくる方法は、韻文（講座No.12参照）の表記としてふさわしくない、という意見もあります。また、一字あけ表記と同じように、少し押し付けがましい感じがしますので好き嫌いがあるようです。しかし、読みやすく分かりやすくなるのは間違いなく、誤記や誤用ではありませんから、「この方法が最善」と判断した場合は、誰に遠慮することもありません。

●――数字を用いる

「作品として大切な条件の一つは真実味であり、真実味を持たせるためには、物事を具体的に述べなければならない」と、本講座No.20に記しています。そして、具体的に述べる方法の一つが、「数字」を用いることです。

年寄りになるから赤いヘルメット

八十歳になるから赤いヘルメット　竹内　八重

一句目のように、「年寄りになる」と言われても、何歳なのか見当もつきません。「八十歳」と言われると、自分と比較して人物像が見えますので「ほほう、元気な人だ！」と感動します。「八十」という具体的な数字の力です。

数字で表記するものでは年齢の他に、「日時」「金額」「員数」そして、「順位」「質量」などです。

七十年一度も痴漢していない　水上　春樹
百羽目のあたりで飽きる千羽鶴　中野　六助
三百万円平均という葬儀代　永藤　弥平
幸福になる本５００円で買う　海老池　洋
８０２０元気な人の歯のはなし　藤岡ヒデコ

数字表記で留意したいのは「漢数字」と「算用数字」の使い分けです。それぞれ特徴があり用い方によって句の印象が変わってきます。

〔漢数字〕
○縦書きに適している。
○「十」「百」「千」「万」「億」「兆」など、単位が一目で分かる単位語が使用できる。
○西暦を記すのには適していない。

○漢数字が並ぶと読みにくい。

〔算用数字〕

○書きやすく、読みやすい。

○世代を超え、世界的に通じる。

○縦書きに適していない。

○100000以上になると分かりにくい。

などが考えられます。

「縦書き」は漢字文化圏の特徴ですが、近年以降いずれの国でも、数値や数表、アルファベット表記に適した「横書き」との併用を進めています。韓国では、すべて横書きに切り替えている状況であり、我が国においても国語に属する分野以外の教科書は、ほぼ横書きになっています。

このような状況ですので、横書きと算用数字に馴染んだ世代の「漢数字は読みにくい」という感覚も理解できなくはありません。漢数字の趣を生かせるところは漢数字を使用し、算用数字でないと読みにくいところは算用数字を、と柔軟で的確な対応をしたいものです。

●――アルファベットを用いる

川柳は我が国固有の文芸ですので、その表記は原則として日本語であるべきです。外来語は片仮名で表記するのが基本です。しかし、選者の選を経て活字になった句の中に、英語をそのまま使用している作品もありますから、許容している人も少なくないと推定します。

ONとOFFオール電化が心地よい　三浦　強一
Tea For Two この静けさをイラクにも　佐藤権兵衛
学名はHomo Sapiens ひと種類　北田ただよし

一句目の英語を片仮名表記にしますと、「オンとオフオール電化が心地よい」となって、元の句よりも少し分かりにくい気がします。ON、OFF、程度は見慣れていますので、句の中に入れてもそれほど違和感はなく、漢字と同じように一目で意味が分かる効果があります。

「Tea For Two」「Homo Sapiens」の横書きには賛成できない人もいるでしょう。本来ならば片仮名にするべきです。が、敢えてこの形にしたのは、「歌の題名であること」「学名であること」を強調したい、珍しい横書きによって個性的な作品にしたい、という意図であり、その試みは成功しています。ただ、ON、OFFほど分かりやすくはありませんので、伝達性には少し難があります。

CMで言うほどビールうまくない　鈴木　霞

４ＷＤで卵を買いに行く　津田　暹
ＡＴＭで振り込みできて自信つく　岩崎　淑恵
喧騒をＢＧＭにする都会　利光　正行
気取ってもＤＮＡが顔を出す　やち　悦子

先ほどの英語をそのまま使用した句は、あまり多くはありませんが、右のような略語を使用した句はしばしば目にします。それぞれ広く認知されていますので意味も明確に分かります。これ以外の略語では、「ＩＴ」「ＣＤ」「ＰＴＡ」「ＭＲＩ」などをしばしば目にします。
但し、略語を用いる場合は、どのような言葉を省略したのか、その成り立ちぐらいは知っておくべきです。それは自らが用いた言葉と作品に対する責任です。分からない場合は辞書を引いて確認する手間を惜しんではいけません。

●――記号を用いる

作品の表記には「文字」以外に「！」「?・」「♪」「〇」「△」「×」「□」等の記号を使用することもあります。記号は漢字と同じように一目で意味が分かりますが、音読には適していません。次の作品、あなたが選者なら壇上でどのように読み上げるでしょうか？

ん？　と思う何を忘れたかを忘れ　田鎖　晴天

「恋はやさし♪」テノール歌手は恋をする　黒田　一郎
スーパーのちらしに「○」をつけておく　鈴木　道子
花作りは○川柳は△かな　中川　一洋
毒危印つけた車に挟まれる　坂崎よし子

このような記号を用いることに対して「川柳は言葉で表す文芸なので、記号は避けるべき」という意見もあります。すなわち、「！」「？」「♪」などに込めようとした想いを、言葉で表現するのが本道であり、安易に記号に頼るべきではないということです。

しかし、ここでも考え方の基本となるのは「表現の自由」です。「自分は用いない」という立場であっても、他者の表現を否定することはできません。少々変わった表記であっても、それが誤用とか誤記でなければ、「川柳の器は巨大」という大きな度量で受け入れるべきです。

表記の注意点

No.028

略字を避ける

略字は手紙などの手書きの文書には便利ですが、文芸作品の表記に使用しますと、いかにも手を抜いたという感じを受けますので避けてください。

確かに、「門」や「職」と記すより、「门」「耺」のほうが簡単で早く、また、多くの人に認知されていますので許容範囲ではないかと思われるでしょうが、「文芸作品の表記にはふさわしくない」と理解してください。

次の例では下が略字です。

歴—厂　鬪—斗　職—耺
働—仂　国—口　卒—卆
第—才　個—仁　曜—旺
門—门　魚—奐　点—桌

くりかえし符号

同じ言葉を繰り返すときに使用する「々」は、漢字ではありません。「くりかえし符号」という符号です。

昔は「踊り字」とか「重ね字」「おくり字」「畳字」などと呼ばれていたようですが、昭和二十一年に文部省は「くりかえし符号」と統一しました。

「々」　　↓漢字のくりかえし。
「〃」「仝」↓表の中の数字や文章のくりかえし。
「ゝ」「ゞ」↓平仮名、平仮名濁点のくりかえし。
「ヽ」「ヾ」↓片仮名、片仮名濁点のくりかえし。

ただし、公文書では「々」と「〃」以外は使用していません。川柳でも「ゝ」「ゞ」「ヽ」「ヾ」などは作品の表記としてはふさわしくありませんから避けてください。

また「々」につきましても、「村々」「山々」など、名詞のくりかえしではあまり違和感はありませんが「時々」は「ときどき」、「久々」は「ひさびさ」のほうが、しっくりするようです。また、「人々」も「ひとびと」のほうが柔らかくやさしく感じます。

なお、二つの言葉をくっつけた場合の漢字のくりかえしには「々」を使用しません。例えば、民主主義・会社社長などです。ただ、昔からの慣例で、祝賀会々場とか川柳会々報と記す場合もあるようですが、正しくは、祝賀会会場・川柳会会報、となります。

●同訓異字に注意

同訓異字は、使い分けを要求されていながら、「このようにして使い分ける」という厳密な規定はありません。したがって、次に示している指針は、文字の意味から判断して使い分けられている例を示しているだけであり、文法的にこのように規定されているわけではありません。

一人（人数に重点を置く場合）
　一人旅・一人息子・一人一人
　娘一人に婿八人・一人暮らしの気安さ
独り（孤独を強調する場合）
　独り身・独り寝・独り舞台
　独りよがり・独り暮らしの老人問題
使う（一般用語、主として動詞）
　気を使う・上目を使う
　使い捨て・現地の言葉を使う
遣う（限定用語、主として名詞）
　気遣い・上目遣い・仮名遣い

金遣い・心遣い・言葉遣い・小遣い銭
会う　客と会う・人に会う・出会う
合う　目が合う・間に合う・気が合う
逢う　恋人に逢う・しのび逢う
遭う　事故に遭う・にわか雨に遭う

この他では、「打つ・撃つ・討つ」や「暑い・熱い・厚い」「切る・斬る・伐る」「指す・差す・刺す」「上がる・揚がる・挙がる」「変える・替える・代える・換える」等など、たくさんあります。判断に迷ったときは必ず辞書などで確認して、適切に使い分ける習慣をつけてください。

●――当て字を避ける

少し変な表記として、漢字本来の意味から離れて、「同じ音」の言葉に当て字として使用している例があります。

①ぐっすりと眠って見たい　②大声で叫んで見よう
③同じ失敗をやって居る　④眠たくなって来る

①②の、「見」は、「目で見ること」を示す文字です。「眠って見たい」は願望、「叫んで見よう」は呼びかけです。目で見ることではありませんから「見たい」「見よう」は不適切です。「みたい」「みよう」と平仮名に

します。

③の、「居」は、「すわること」や「いること」を表わす文字ですから、行動を示す「やって居る」は不自然で、平仮名で「やっている」のほうがいいでしょう。

④の、「来」は、「くること」を示す文字ですから、「眠たくなって来る」は不自然で、やはり「なってくる」です。

●送り仮名

送り仮名については、昭和四十八年の内閣告示第二号（昭和五十六年に一部改正）の「送り仮名の付け方」が基本になります。この本則には、「活用のある語は、活用語尾を送る」と記していますが、文法的説明より、具体例を見るほうが分かりやすいので、頻度の多い例を挙げます。

それぞれ上が本則で、（　）内は許容を示しています。比べると分かりますが、許容例は違和感がありますので、できるだけ本則で記すようにしてください。

〔送り仮名が多いのが本則の例〕

浮かぶ（浮ぶ）　落とす（落す）　変わる（変る）
暮らす（暮す）　積もる（積る）　当たる（当る）
終わる（終る）　向かい（向い）　起こる（起る）

〔送り仮名が少ないのが本則の例〕

表す（表わす）　行う（行なう）　断る（断わる）

著す（著わす）　現す（現わす）　賜る（賜わる）

押える（押さえる）　捕える（捕らえる）

〔送りすぎによる間違い例〕

許るす（る、送りすぎ）　帰えるﾞ（え、送りすぎ）

深かい（か、送りすぎ）　自から（か、送りすぎ）

●まぎらわしい漢字

漢字の中には、区別しにくいほど似ていながらまったく違った意味のものがあります。そのような紛らわしい漢字を挙げておきますので、充分に注意してください。

酒と洒……酒豪の「酒」は、飲むと酔っ払う飲料。

洒落の「洒」は、さっぱりしたさま。洒脱。

微と徴……微笑の「微」は、かすかなこと。微妙。

徴候の「徴」は、きざし。しるし。特徴。

貧と貪……貧乏の「貧」は、まずしいこと。赤貧。

穀と殻……………貪欲の「貪」は、むさぼること。貪婪。
穀と殻………穀物の「穀」は、実を食う植物。五穀。
籾殻の「殻」は、かたい表皮のこと。
斉と斎………一斉の「斉」は、そろえること。斉唱。
書斎の「斎」は、清く保つこと。斎戒。
紹と招………紹介の「紹」は、とりもつこと。
招待の「招」は、まねくこと。招集。
栽と裁………盆栽の「栽」は、木を植えること。栽培。
洋裁の「裁」は、布をたつこと。裁断。
遂と逐………遂行の「遂」は、やりとげること。完遂。
逐一の「逐」は、順を追うこと。逐次。
治と冶………治安の「治」は、おさめること。政治。
冶金の「冶」は、金属の精錬。鍛冶屋。
淘と陶………淘汰の「淘」は、不純物を除くこと。
陶器の「陶」は、やきもの。導く。薫陶。
壁と璧………土壁の「壁」は、囲い。障害物。岸壁。

完璧の「璧」は、すぐれたもの。双璧。

崇と祟………崇拝の「崇」は、あがめること。崇高。
　　　　　　祟りの「祟」は、災いを与えること。

沁と泌………沁みる「沁」は「し」。煙が目に沁みる。
　　　　　　分泌の「泌」は、「ひ」あるいは「ひつ」。液体がしみ出ること。泌尿器。

藤と籐………山藤の「藤」は、豆科のツル草。
　　　　　　籐椅子の「籐」は、ヤシ科。細長い竹状にて、椅子やステッキの材料になる。

険と検と倹…危険の「険」は、あやういこと。冒険。
　　　　　　検査の「検」は、しらべること。点検。
　　　　　　倹約の「倹」は、つつましいこと。節倹。

偶と遇と隅…配偶の「偶」は、対になること。偶然。
　　　　　　待遇の「遇」は、もてなすこと。冷遇。
　　　　　　一隅の「隅」は、すみのこと、辺隅。

孤と狐と弧…孤独の「孤」は、一人であること。孤立。
　　　　　　狐狸の「狐」は、きつね。白狐。
　　　　　　括弧の「弧」は、弓なりの形。円弧。

徹と撤と轍…徹夜の「徹」は、つらぬくこと。貫徹。
撤去の「撤」は、取り除くこと。撤退。
転轍の「轍」は、わだちのこと。覆轍。

入選するとかしないという「成績」の話は文芸の本質とは無関係です。従って「字を間違うと没になる」という記述は避けました。しかし、苦労して仕上げた作品が、字の間違いだけで没になれば残念です。そのような意味からも、表記には細心の注意を払ってください。

本講座で取り上げていないことで疑問が生じましたら、各自で調べてください。表記に関する辞書や参考書はいくつも出ています。図書館にもあるでしょう。こまめに調べることによって、その疑問点に付随する様々な知識を得ることができます。創作の喜びもさることながら、未知の分野に立ち入る喜びも捨て難いものです。

Ⅳ

いろいろな川柳の
取り組み方

No.029

時事川柳

一つの掴みかたとして

「時事川柳」という言葉は広く知られています。他には「ユーモア川柳」とか「詩性川柳」などもあります。そのような呼称によってジャンル（部門）分けされているかのように扱われることが多いのですが、川柳は一つの文芸であり、内容や様式によって区分していません。

にもかかわらず、本講座ではこれから「時事川柳」「ユーモア川柳」そして、「詩性川柳」と、取り上げて行きます。それは、掴みどころのない大きな文芸をさまざまな角度から眺め、いろいろな掴みかたをして表現の幅を広げようという試みです。すなわち、「時事川柳」や「ユーモア川柳」という呼称は、考察を進めるために便宜上分けているだけであることを承知してください。

また、「伝統川柳」「革新川柳」という呼称もありますが、これは「詩性川柳」の項で取り上げます。

時事川柳とは

「時事」とは、「現代の社会事象」や「昨今の出来事」を言います。従来の時事川柳は「現代の社会事象」に重点を置いていましたが、最近は個人の日常生活も含め、「あらゆることの今の出来事」を対象としています。

時事川柳の牙城として知られている「川柳瓦版の会」においても、「政治」「経済」「事件」「世相」「流行」などにとどまらず、「季節の風物」「食べ物」「芸能」「スポーツ」など等、あらゆる事柄が対象とされています。

このように、時事川柳の間口は広くなっていますが、個人の日常生活については、今までも扱ってきましたので、本項では時事川柳らしい素材に的を絞り、「継続する問題」と、「一過性の問題」に分けて考えを進めていきます。

●継続する問題

十八世紀の産業革命以来、科学技術の発展は奇跡とも思える発明を成し遂げてきました。ボタンひとつで洗濯ができ、ご飯が炊け風呂が沸きます。自動車、電車、飛行機、のみならず、大量破壊兵器まで生まれました。しかしながら、それを扱う「にんげん」は大昔とまったく変わっていません。極端に言えば、人類の悲劇はソフトウェアが旧式のまま、ハードウェアばかりが発達したところにあります。新しい兵器を次々と開発していながら、国のありかた、軍隊のありかた、政治家の考えかたは大昔と一緒です。武器だけが最新式で考え方は旧式ですから、ひとたび戦争が起こると恐ろしいことになってしまいます。

このように、社会環境は変わっても、にんげんの考えかたや愚かさは変わりませんので、その愚かさから生じる問題を詠えば、時事川柳でありながらいつまでも色褪せぬ作品になります。

〔貧しい人に冷たい政治〕

神武以来食えぬ人あり放っとかれ　石原青竜刀

うつぶせのまま出稼ぎの棺かえる　佐藤　岳俊

〔頼りない政治家たち〕

天高く閣僚の名も知らぬ秋　田中　文時

不祥事をした大臣の名は覚え　上地登美代

〔いつか来た道〕

君が代を歌えとでかい声がする　岩佐ダン吉

勝馬に改憲論を乗せてくる　柄沢　経男

〔領土問題〕

竹島と独島がある日本海　池田　武

争いは竹も生えない島のこと　長岡　良一

〔温暖化〕

おおごとと感じぬ用語「温暖化」　唐住　実

熱っぽい地球を冷ます策がない　小山　紀乃

〔お詫び会見〕
次の方どうぞ謝罪会見場　野村　辰秋
本日のお詫びは以上五件です　田岡　九好
〔格差社会〕
乾杯をしても埋まらぬ貧富の差　問屋啓二郎
金持った人の集まる場所がある　喜田　准一
〔少子高齢化〕
豆腐屋も風呂屋も少子高齢化　筒井　祥文
産めるなら産んで差し上げたいものだ　岸本　孝子

いずれも、繰り返し報道され早急に解決してほしい問題ばかりですが、残念ながら一朝一夕には片付きません。

石原青竜刀の「神武以来…」は五十年前頃。佐藤岳俊の「うつぶせのまま…」は三十年前頃。田中文時の「天高く…」は、十三年前の作品ですが、すべて現在でも継続している問題であり、そのまま今年の時事川柳としても通用します。問題が解決するまで作品は色褪せないという皮肉な構図は、その他の句も一緒です。

●―一過性の問題を詠う意義

「時事川柳は時が経つと意味が分からなくなる」とはよく言われていることです。確かに、一過性の事件を扱った作品の多くは、事件が忘れられると同時に、意味不明になってしまいます。例えば、

①香港の土産は気持だけもらう　山田ゆみ葉
②お隣に手頃なショベルカーがある　富谷　英雄
③迷惑をおかけしますが白が好き　くんじろう

①は、平成十四年の秋に中国から発生した奇病「SARS（サーズ）」。②は、平成十五年、頻繁に起きたパワーショベルによるATM荒らし。③は、平成十五年、謎の白装束集団「パナウェーブ研究所」と付近住民とのトラブルを、題材にしています。

それぞれ事件が起こった当時でしたらおもしろい句ですが、六年も経てばピンときません。いわば瞬間的に人々を魅了する花火のようなもので、作者も最初からそのつもりで作っています。そして、そのようなパッと咲いて散る潔さも、一過性の時事を詠う魅力の一つでもあります。

道端に肉マンの具が落ちてある　油谷　克己
残さずに食べるお客は嫌がられ　富岡　桂子
大臣が絆創膏のコマーシャル　望月　弘

鯨は逃げるしビンは投げよるし

井上　一筒

同じように一過性の問題を対象としていながら、読む人のこころに強く響いた作品はなかなか忘れられないものです。右それぞれ、比較的新しい事件ということもありますが、印象的な内容によってよく覚えています。

調査捕鯨は一過性の問題ではなく、今後も揉めるでしょうが、薬品の入った瓶を投げられることは、度々あるとは思えません。このような深刻な問題を、まるで「子どもの喧嘩」レベルに戯画化されると強烈に印象に残ります。

事件は時が経つと忘れますが、印象に残った作品は簡単には消えません。逆に、作品によって事件を思い出すことができます。「忘れてはならない苦い教訓を蘇らせること」そして、「当時を語り、事件の証人になること」に時事川柳の大きな意義があります。

●――新聞の見出しになっていないか?

時事川柳の中には、新聞の見出しのような「事件や状況を報告しているだけ」のものが混じっています。例えば、

女子高生までも大麻を吸っている
トヨタまで派遣社員を切っている

不況です旅行も近場ばかりなり

右の句、それぞれ「作者の想い」が見えません。ただ単に「このような事件がありました」「このような経済状況です」と報告しているだけです。講座No.23で述べた「報告句」になっています。①の「までも」と、②の「まで」に、わずかに作者の想いが入ってはいますが、句そのものは新聞の見出しと同じで川柳味はありません。

ここでまた、「今の自分の姿、今の自分の想いを表明する」という目標を思い出してください。時事の場合は、「自分の想い」「自分の見解」を表明しなければなりません。対象とした事件や状況をそのまま述べるのではなく、また、新聞などの評論の受け売りをするのではなく、対象を独自に分析して「自分の見解」を述べなければなりません。

●―― 文芸と政治思想(イデオロギー)

時事を詠うときに重要なことは「虚実を判断する目」です。大臣は事実を述べているか? 新聞記事は脚色されていないか? 事件の背景にある根本的な問題は何か? など、あらゆる事柄を冷静に見詰めて虚実を判断しなければなりません。そのようにして生み出した「真実を突いている句」が多くの人の心に響く一級の時事川柳になります。

そして、「虚実を判断する目」は中立で公正な姿勢でしか得ることができません。右側から見ただけでは正確な情報を把握できません。左側から見ただけでも同じです。一党一派に偏った立場から詠った句は、その党派のプロパガンダ(宣伝)にすぎません。

政治に無関心な人でも政党に対しては多少の好き嫌いはあり、その感情が作品に反映されるのはありがちなことです。まして、特定の党派に属している人が自らの信念を作品に込めて訴えたいのは当然です。しかし、啓蒙を意識した作品は「格言のような川柳」と同じで、面白味もなく感動もしません。確固とした政治思想を持っている川柳作家が時事を詠うときのジレンマもそこにあります。

古来より、「芸術と政治思想」の相克は、自分に正直な芸術家を悩ませる大きな問題です。いずれに重きを置くか、どのように折り合いをつけるかは個人の生き方にかかわることですから、他者が云々することではありません。が、敢えて直言すれば、創作時間内だけでも一党一派に偏らず「良いことは良い、悪いことは悪い」という是々非々主義を貫き、中立で公正な立場を崩さぬようにしたいものです。

No.030 ユーモア川柳

ユーモアとは

一読して「クスッ!」と吹き出したり、思わず微笑んでしまう句に出会うと、その瞬間だけでもこころが軽くなります。笑いは免疫力を高め、自然治癒力を増すことが医学的に証明されています。本項ではこのような「こころと体の薬になるユーモア川柳」について考えて行きます。

さて、「ユーモア」とは何でしょうか。「ユーモア」を広辞苑で引きますと、「上品な洒落やおかしみ。諧謔」と載っているだけです。どの辞書も定義がむずかしいものについては数行で逃げています。その簡単な記述の中に共通して「上品」という言葉が出てきますので、「ユーモア」とは「上品なおかしみ」であり、下品なものはユーモアとは言えないようです。上品下品の受け止め方も人によって異なりますが、あまり定義にこだわると前に進めませんので、「ユーモア川柳とは、上品なおかしみを持った川柳」という、おおまかな前提で進めて行きましょう。

●何に「おかしみ」を感じるか

「悲しみ」や「怒り」、あるいは「憎しみ」や「妬み」という「負の感情」が生じる原因は万人共通です。いや、「万人」は言い過ぎかもしれませんが、「肉親が他界したら悲しい」「馬鹿にされたら腹が立つ」「同僚が先に出世したら妬ましい」などは、地球の裏側の人たちも同じでしょう。このような「負の感情」は非常に単純で理屈抜きですから、多くの人が同じ要因で同じ感情にとらわれます。

ところが、「何におかしみを感じるか」は、人によって大いに異なります。それは、「おかしみ」は、対象を論理的に分析して（瞬間的に考えて）感じますから、作者が自信を持って発表したユーモア川柳であっても、作者と考え方や価値観が違う人は、「おかしみ」を感じないことがあります。それだけに、ユーモア川柳はシリアスな川柳よりも作るのも味わうのも難しいと言えるでしょう。

本稿では、私がユーモア川柳であると思った句を取り上げています。あなたが「おかしみ」を感じなかったとしても、それは、あなたにユーモアのセンスが欠けているのではなく、右のような原因であると理解してください。

自分をおもしろがる

詠う材料でいちばん身近なものは自分自身ですから、自分の不甲斐ないところや失敗したこと、そして自分の身勝手さや自慢できない姿などを、恥ずかしがらず率直に述べると、それがそのままユーモア川柳になります。

〔自分の不甲斐なさをおもしろがる〕

死んだなら酒のせいだと言われそう　奥　時雄

万物の霊長としてゴミを持つ　板垣　孝志

今もって途中でこわす貯金箱　川島　五貫

人間の屑と言われたことがある　前田　咲二

〔自分の失敗をおもしろがる〕

バンダナでパシッと決めて蹴躓く　安黒登貴枝
曲者が鍋売りに来て騙される　下田茂登子
階段のあと四段で踏み外す　青木　鶴子
運動会綱引きに出て引きずられ　宝生　まり

右の句のように、自分の不甲斐なさや失敗を自分自身が認めて率直に表明するのは、精神的に余裕のない人や自己中心的な人には不可能です。また、次の句のように、自分の身勝手さや滑稽な姿、あるいは老いた姿をおもしろがるのも、自分に自信がある人にしか出来ないことです。

〔自分の身勝手さをおもしろがる〕
夜逃げした奴の話で盛り上がる　髙瀬　霜石
夫じゃない人と行きたいフルムーン　曽我　悦子
台風が他県にそれてほっとする　鹿田まさお
私より少し不幸が好みです　村上　和子
〔自分の行動や姿をおもしろがる〕
妻の留守すこし多めに塩を振る　早泉　早人
銀行へどの印鑑か聞きに行く　鈴木　道子
よく噛んで雑煮で死なぬようにする　中筋　弘充

再婚を待っていたのに古希が来た　大内　朝子

精神的に成熟した人の優れている特質の一つは、「自分を客観的に眺めて、自分を笑えること（自嘲）」です。日常生活において困った状況に遭遇しても、自分を客観的に見詰め、頼りない自分をおもしろがることによって、無意識にこころのバランスを保っているのです。

ただし、自分を客観視するのは材料を発見するまでであって、作品としてまとめるときは「自分を詠う形」にしなければなりません。本章で挙げた作品すべて、作者自身のことだと明確にわかります。それぞれ「自分を詠う形」になっているからです。（「自分を詠う形」と「他人を詠う形」については、講座№17を再読してください）。

●——にんげんをおもしろがる

前章の「自分をおもしろがる」句は、詠っている対象が自分自身ですから、痛烈であっても傷つく人はいません。しかし、他人のおもしろさを題材にするときには節度が必要です。「悪口」や「さげすみ」を露骨に述べるのは下品なことですから「ユーモア川柳」とは言えません。

善人はときどきズボンずり上げる　今川　乱魚

粽食うこの子も出世しない顔　水上　春樹

やかましい人はたいていよく眠る　鈴木　霞

ぼけたと言って自慢話はちゃんとする　山本　玲子

一句目。人前でズボンを上げるのは格好のいいことではありませんが、その行為を悪く言うのではなく「善人」と受け止める視線に温かさとやさしさを感じます。

二句目の「出世しない顔」はかなり痛烈ですが、「この子も」の「も」に「私も、であるが」という意味が込められていますから、他所の子ではなく身内であることが分かり、謙遜と同時に自嘲が感じられ不快にはなりません。

後の二句も嘲笑ではなく、軽く揶揄しているだけですから、読者も自分の姿と重ねて苦笑してしまいます。

●――ナンセンス・ユーモア

ナンセンス（無意味）なおもしろさを詠った句はあまり見当りません。それは、ナンセンスなおもしろさの素材が掴まえにくいことに加えて、おもしろさが理解されにくいこともあるのでしょう。

歯を磨く左手ぶらり下げたまま　金子　流

教会の屋根にお寺の鳩がいる　橋本征一路

赤い羽根つけても飛べる訳でない　星井ごろう

右三句、報告する価値のない「あたりまえの行動」と「あたりまえの情景」そして、「あたりまえの理屈」

を述べているだけですが、奇妙なおもしろさがあります。

講座No.15において、つまらない句の原因の一つとして、「あたりまえ」を槍玉に挙げています。つまらない句の「あたりまえ」は、作者独自の見解や独自の想いが入っていない「あたりまえ」でした。しかし、右三句の「あたりまえ」は、作者独自の視線が発見したもの、作者独自の見解を述べたものですから、つまらない句を超えたナンセンスなユーモア（無意味なおもしろさ）が感じられるのです。

●――ブラック・ユーモア

ブラック・ユーモアとは「気味の悪いユーモア」を言いますが、一般的には、エロ・グロを含めた「どぎつい笑い」もブラック・ユーモアと呼ばれることがあるようです。しかし、川柳に限って言えば、冒頭で述べましたように、下品な内容のものは「ユーモア川柳」とは認められません。

このブラック・ユーモアもあまりたくさん作られていません。左のものは数少ない例です。これらの句をブラック・ユーモアとするには異論もあるでしょうが、「どことなく不気味」という点では、これまで見てきた「ユーモア川柳」とは一味違ったおもしろさがあります。

どちらかが死ぬまで続く年賀状　西原珠眞瑛

うまいタケノコ藪は昔の土葬の地　近藤　佳子

マニュアルの通りに死んでゆく途中　鎌田　京子

気にいった死に方がない自死の本　　万治はん子

ユーモアとペーソス

ペーソスというのは、ポロポロ泣くような深い哀しみではなく、そこはとなく感じる「哀愁」です。にんげんのおもしろさは哀しみにつながり、また、哀しみを凝視するとにんげんのおもしろさが見えてきます。

焦げ過ぎのパンも齧って生きている　　岩崎　公誠

文化の日ソース焼きそばたいらげる　　桶浦　桜竜

手をつなぐ人いないけど街に出る　　大川　桃花

生前葬考えながら寝てしまう　　橋形　定子

右それぞれ、ただ単純におもしろいのではなく、作者のこころに淡い哀愁が漂っているのがわかります。哀しみや侘しさという感情に流されることなく、ユーモアを持たせて表現できるのは、やはり成熟した余裕のある精神であり、その「ペーソス」を作品から感じ取ることができる読者もまた、精神的に成熟したオトナです。

おかしみを消し去る要因

作者としてはおもしろいことを言っているつもりでも、「おかしみを感じない」ことがあります。その要因は、

①内容が下品である。
②他人をあざ笑っているだけである。
③受け狙いが過ぎて、ワザとらしさが見える。
④素材が古く見飽きた内容である。
⑤落語や漫才のネタの焼き直しである。

右それぞれ、どのような川柳であっても留意すべきことですが、ユーモア川柳では特に③に注意が必要です。最初から「おもしろく作ってやろう」と意識しますと、作為が入りおおげさな表現になります。読者は「作為イコール嘘」と感じますから、白けてしまってユーモアを感じません。

ユーモア川柳は作者が意識して作り出すのではなく、これまでと同じように、「正直な想い」を、「感情を抑えて冷静に」表現することによって生まれてくるものです。

詩性川柳

No.031

詩性川柳とは?

川柳は俳句や短歌と共に「短詩文芸」と称されています。川柳そのものが「短詩」であるにもかかわらず、その中で「詩性川柳」というのは矛盾していますが、「短詩文芸」はジャンルを表し、「詩性川柳」は、「内容が詩的な川柳」という意味であると理解してください。

ただ、「詩」を定義するのがむずかしいのと同じように、「詩性川柳」の概念は一様ではありません。おおまかではありますが、「感性で得たものを感性に訴える句」だと捉えても的外れではないでしょう。

行末を激しく問いぬキリギリス　時実　新子
にんげんのことばで折れている芒　定金　冬二
夕焼けをひっぱっている鳥の数　徳永　政二
春キャベツ月を包んでいませんか　田中　峰代
なかぞらで結ばれている声と声　峯　裕見子

これまでに講座で紹介してきた作品は「よく分かる」ものでした。この「分かる」というのは「理屈が通っていて、理性で理解できる」という意味の「分かる」です。ところが、右の句、それぞれを論理的に分析しますと、「キリギリスはしゃべることができない」「ススキは言葉では折れない」「鳥は夕焼けをひっぱれない」「キャベツは月を包まない」「声と声は結ばれない」となります。このような句は、作者が感性で得たものですから、読み手としても感性で受け止めなければ、理解に苦しむ句になってしまいます。

今までの伝統川柳から受ける感動は「あっ、同感！」とか「ほんとうだ！」という共感の心地良さや、「うーん、まいった！」という驚きでした。この詩性川柳から受ける感興は「ああ、いいなあ！」という感じのもので「何に感動したのか？」と尋ねられても返答し難いものです。論理的に作られた句は、論理的に良し悪しを語れますが、感性で作られた句を論理で分析するのは至難です。

●――心象風景を詠う

句を作る方法の主なものは、「五感による観察」と「頭脳による考察」であることを、No.8～No.11で述べています。そして、観察、考察ともに「自分自身」や「にんげん」「物体」「自然」そして「生き物」など、実体があるものを対象としてきました。一方、心象風景とは「現実にはあり得ない、こころに浮かんだ風景」です。そのような実体のないものも川柳で表現することができます。

水掻きのある手がふっと春の空　石部　明
荒野から両手両足垂れ下がる　樋口由紀子
人吐いて家ふわふわと野に遊ぶ　倉本　朝世

はるばると蝶訪れるしゃれこうべ　海地　大破

向かい合い深夜の海をかたちどる　清水かおり

こころの奥に生じる不安感や焦燥感などは、言葉で説明し難いものです。しかし、それを「川柳」という形で表現したいと思えば一つの素材になります。ただ、そのような心象は抽象的にしか表現できませんから、右のように、伝達性に難がある句になるのはやむをえないことです。

このような句も論理的に構成しているのではなく、感じたまま、心に浮かんだままを述べています。従って、「分かる」「分からない」というモノサシではなく、「感じる」「感じない」という感覚で捉えるべきです。

あなたが何の感興も得なかった場合、「私には分からない」ではなく、「私は何も感じない」でいいのです。「分からない」というのは、感覚で得た句を理屈で分析しようとした結果ですから、的外れな評価になってしまいます。

●――体験の力

上村肇（かみむらはじめ）（一九一〇～二〇〇六）は、洪水で四人の家族を失いました。その後再婚して子どもも生まれますが、その悲しみは十年経っても薄れることなく、ついに次のような幻想的な詩を生み出しました。

原作も行を分けず、想いが拡散するのをおそれるかのように、言葉が寄り集まっています。情景が浮かんでくるように、ゆっくり読んでください。

みずうみ　　　上村　肇

たけなす草をかき分けて　河にそった道を　幾日も幾日も私は歩いて行った　道のつきたところに大きな湖があり河も亦ここにつきているかと思われた　この湖のほとりに私が探し求めた四人の家族が住んでいた　軒も柱も半ば朽ちた家の端居に　洪水で死んだ筈の昔の家族が　黒い羽織にくるまっている足萎の老母　目が大きくて偏平足で　少しばかり跛行をひく妻　大きな白い毬を胸のあたりに抱いた眼の細い娘　ジャンパーの前のチャックを半分外した九歳の息子　それらは不思議と　十年近い前の雨の夜に別れた姿と変わりなかった　私はこの湖に流れこんだ河水のように　もうこの静かな世界から外部に出ようとは思わなくなった　夜は妻の差し出す手燭の灯を船の舳において　櫂を操り独り湖心に出ては網を打った　朝は一面の朝霧の中を　灯を消した船に濡れた網をのせ　その網の上に下手な私の船歌をのせ　毎朝　葦の間の水鳥の眠りの中を帰ってきた　静かなあけくれの或る日の午後　私は漁りの網の破れ目を拾っていた　その網の上に珍しく人影がさし　顔を上げて見ると　一人は街に置いてきた二度目の妻であり　一人はその

妻との中に出来た　まだ幼い男の子であった　妻は何気なく通り過ぎて行ったが　男の子は私の前に立ち止まり「ママ　パパはここにも居ないネ　ママ　黒い蟹がいるよ　一匹　二匹　三匹　四匹　五匹いるよ　二匹は小さい蟹よ　みんなこちらを見ているよ」と言って走り過ぎた　その夜よふけて湖には　少しばかり風が出た　だが大したこともなく　静かな朝がきて　又静かな夜がきた

この詩は、一瞬にして家族四人を失うという想像を絶する経験に基づいています。家族を失った惨事は現実であり、いつまでも悲しみが薄れないのも現実です。しかし、悲しみを抱き続け新しい家族を裏切っている罪の意識で「黒い蟹になってしまった」ことは虚構です。虚構にもかかわらず読者の胸を打つのは、「真実の想いが込められている」からです。そして、その真実の想いは「体験した事実」によってしかもたらされないのです。いわば体験の力です。

詩は想像(空想)からも生まれますが、読み手に訴えるパワーは、体験に基づく真実の想いには及びません。詩性川柳もまったく同じで、体験も実感もなくインスピレーションも受けずに、言葉だけを組み合わせた句は虚しいばかりで、読者を感動させる力はありません。

ただ、私たちが体験できることは限られています。実体験のみを体験と考えると創作の幅が窮屈になります。読書や映画鑑賞、あるいは、美術鑑賞や音楽鑑賞など、いわば「頭脳による体験」もまた体験であり、感覚的に得たインスピレーションも体験です。そして、そのような「頭脳体験」や「感覚体験」からも真実の想いが生じるのはもちろんのことです。

●――伝統川柳、現代川柳、革新川柳

これまでに「時事川柳」「ユーモア川柳」「詩性川柳」と考えてきました。これらの呼称はジャンルを示すのではなく、川柳という巨大な文芸の一つの掴み方であり、作品を論評するときに使用する「批評用語」でもあります。

右の掴み方は作品個々の内容によって分けていますが、もう少し大きな川柳の流れとして「伝統川柳」「現代川柳」「革新川柳」という分け方もあります。皆さんが川柳に取り組んでいく上でこのような言葉がしばしば出てくると思いますので、それぞれどこが違うのか、何をもって分けられているのか考えておきましょう。

●伝統川柳

伝統川柳とは、古川柳から続いている伝統を重んじた内容の句を言いますが、「何を伝統とするか」については、さまざまな見解があります。主なものでは、

・五・七・五の定型を守る。

・三要素（うがち、おかしみ、軽み）を重視する。
・論理的に述べて、知に訴える。
・具体的に語り、抽象的な表現を避ける。
・客観性を重んじ、主観を述べない。

●現代川柳

現代の川柳は、基本的には前述の伝統川柳の流れを受け継いでいるのですが、現代では作者の主観（独自の見解）を述べることが主流になっています。すなわち、

伝統川柳＝客観性を重んじ、主観を述べない。
現代川柳＝主観を述べる。独自の見解を述べる。

この分け方はいささか乱暴であり、あくまで私見ではありますが、「伝統川柳」と「現代川柳」の区別が混乱せぬよう、一線を画する上で一つの目安にはなるでしょう。

●革新川柳

伝統川柳や現代川柳にあきたらず、新しい表現を目指しているのが「革新川柳」ですが、何をもって「革新」とするかも一様ではありません。敢えて挙げますと、

・定型にとらわれない。
・三要素にとらわれない。
・感覚で得たことを、感覚に訴える。
・表現し難い心象風景にチャレンジする。
・伝達性にあまりこだわらない。

などが考えられますが、これが革新川柳の条件というものではありません。革新派を自認していても定型を尊重する人や、伝達性を重視する人もいます。

本項の詩性川柳もこの革新川柳に入りますが、旧来の表現を嫌う「革新」の性格上、今後どのような作品が現れるかは予見できません。

No.032

哲学川柳

新しい掴み方として

最近の川柳では、にんげんの本性を突いたものや、物事の本質を見極めようとするものが多くなってきました。

川柳マガジンの読者アンケート「数字で見る現代川柳の世界」（09年1月号掲載）においての設問、「魅かれる作品にどのようなものが多いですか」に対しても、

a　自分の境遇に近い作品　9％
b　人としてかくあるべしという作品　5％
c　人間の本性を詠んだ句　50％
d　一見、意味が分からないが、直感に響く句　5％
e　ほのぼの系の作品　5％
f　笑いのある川柳　15％

このように、「人間の本性を詠んだ句」に魅力を感じる人が多数を占めていました。この原因は一概には言えませんが、08年9月のリーマンブラザーズ社破綻に端を発した世界金融恐慌、未曾有の大不況、そして不安定な政治状況などがかなり影響していると推定します。

川柳の掴みかたとしては、これまでに「時事」「ユーモア」そして「詩性」と三つに分けて考えてきました。が、このように「人間の本性や、物事の本質を突いた句」なども、無視できない大きな流れになっていますので、新しい掴みかたとして考えてみるべきでしょう。

ただし、この「哲学川柳」という呼称は、私が勝手に名付けただけです。他に適当なものがありましたら置き換えてもらっても一向にかまいません。

●問題意識を持つ

自分のことや世間に対して、何の疑問も持たず矛盾も感じず、のほほんと生きていると、川柳の種を見つけるのはむつかしいものです。とはいえ、四六時中ずっと問題意識を抱えながら暮らすことは出来ません。意識し続けるのではなく、疑問や矛盾を感じたときに、「気持を乱している原因は？」「何が変なのか？」「どこが矛盾しているのか？」などと、少し立ち止まって考えます。

そのように、ときどき脳味噌を耕しておきますと、物事の表面を眺めるだけでなく、より深く「ことの本質」を考える習慣がつき、川柳の種を見つけやすくなります。

〔自分の心を考える〕

節約を重ねているがケチじゃない　原田　久枝

自分にはだんだん甘くなっている　生嶋ますみ

何不自由ないが満足していない　小谷美ッ千

〔自分の健康を考える〕

脳の中医学的には異常なし　勝谷　高明

健康でなくても生きて行けそうだ　袖本　奏子

天命に逆らいたくて竹を踏む　河原　千壽

〔自分の生き方を考える〕

人の世に転がり出でて低く立つ　森　豹子

ニコニコと笑っていれば生きられる　松尾　冬彦

葱刻む程の力で足る暮らし　最上　和枝

〔自分の恋心を考える〕

ときめいてはじめて出合うような海　坂口　公子

理由などないわ逢いたくなっただけ　西　恵美子

恋心命の軸を太くする　横山きのこ

〔自分の幸せを考える〕

果てしなく続きはしない不幸せ　谷口　節子

そら豆をむく幸せな小半日　長尾　美和

幸せと思えるときが幸せよ　池上　英之

〔自分の老いを考える〕

五センチの段差を上がる杖を買う　高田　一雄

古稀近し壁を頼りにズボン穿く　長島　六郎

死なないでいるのも老いの大仕事　片山　忠

〔自分の死を考える〕

死の恐怖足を縮めて寝ていても　森　央
献体にいい死に方を考える　山下　渓作
熟睡が覚めぬのならばそれもいい　鈴木いさお

物事の本質に迫るときに気をつけたいのは、大きなものを漠然と考えるのではなく、疑問点一つに的を絞ることです。そして、正面からだけではなく裏側や左右から、あるいは鳥の目となって遥か上空からと、いろいろな方向から見詰めて考えます。あらゆる物事の正確な姿は一面を見ただけでは決して掴むことはできません。

右の作品群も、巨大なものを分析したのではなく、作者の暮らしの中から考えを巡らして掴み出しています。

「何のために生まれたのか?」とか、「幸福というものは?」あるいは「死とは?」などは、簡単には答えの出ない哲学的な命題であり、学問として追求しても何十万語の記述が必要です。しかし、日常の暮らしの中から考え出されたものは、端的であっても真理を突いています。だからこそ、読む者のこころに響く力を持っているのです。

●創作の敵は「無関心」である

マザー・テレサは「愛の反対は憎しみではなく、無関心である」と言っています。すなわち、「憎しみ」という感情が生じるのは、相手と「対等のにんげん」として関わっている証ですが、無関心は相手の存在さえ無視していることであり、にんげんに対する最大の侮辱でもあります。

マザー・テレサが言っている趣旨からは外れますが、その表現を借用しますと、「創作の敵は怠け心ではなく、無関心である」となります。いくら「いい川柳を作りたい」と思っていても、周囲に無関心であったり、かかわりから逃げていますと、川柳の種を拾うことはできません。

前章の句は、すべて自分のことを省みて詠っています。いわば「自分への関心」から生まれた句です。

一方、次に挙げるのは、この世で生きていく上で避けて通れないものに対する考証です。このような素材は、周囲に無関心な目では掴み取ることはできません。

〔人間を考える〕

大方の人は静かに生きている　木村　彦二
肩書を取れば缶蹴りした仲間　大隈　克博
欠点を見つけて人は寄ってくる　早川　盛夫

〔金銭を考える〕

お金より好きだと言える人いない　荻野　圭子

年金でそよ風ほどの夢を見る　野口　節子

わたくしの給与田舎に合っている　斉尾くにこ

〔生き物を考える〕

紐かんで生きる自由のほしい犬　坂上のり子

燕には赤ちゃんポスト無用なり　針生　和代

カアカアと自分癒しているカラス　田中　敦子

〔自然を考える〕

うろこ雲ゆらり過去形未来形　墨　作二郎

土になる場所を探している枯葉　小倉　利江

いい空気星が証明してくれる　岸本　宏章

〔地球を考える〕

人間をいやいや乗せている地球　津川　紫晃

コンピューターなくても地球回ってる　岡林　水歌

杖ついて地球を救う講義聞く　薗田　獏沓

〔物体を考える〕

ゴミ箱の中でも磁石北を指す　柴田　和男
新品の雑巾になる古タオル　中村　和
順番で呼ばれる椅子がギーと鳴る　梅崎　流青

〔他者の死を考える〕

祭り月なのに喪服を吊っている　八木　千代
一緒には逝けないけれどそこらまで　小沢　淳
喪が明けて仏の寝具ゴミに出る　福士　慕情

個性とは？

句会や大会などの披講中に、「あっ、これは〇〇さんの句ではないか？」と気がつくときがあります。予想通り「〇〇！」と呼名がありますと、少し場内がどよめいたりします。同じように思っていた人たちが多かったのでしょう。このように作者の味が出ている句が理想であり、「個性のある作品を」という言葉もしばしば見聞きします。

しかし、気が弱いとか強いとか、のんびりしているとかせっかちだとか、自分の「性格」は多少分かっていても、「作品に表れる個性」などは雲を掴むような話です。

自分の個性が分からないのに「個性のある川柳」を目指すことはできません。では、どのようにすればいいのか考えてみましょう。

まず、この「個性」を本来の意味である「他の人にはない個人の特性」などとむつかしく解釈せず、単純に「ありのままの自分」と受け止めるのです。

そして、飾らず気取らず、想ったことや考えたことを正直に述べるようにします。無理に個性的に詠おうとして心にもないことや珍奇なことを言っても長続きしません。ありのままの自分であれば疲れることもなく、ブレることもなく進むことができます。そのようにして継続しているうちに、徐々に個性が醸し出されて行きます。

なぜ想ったことや考えたことをそのまま述べるのが個性になるのでしょうか。

それは、あなたの発想の根源である「価値観や人生観を生み出す全人格」が他の人とは異なるからです。全人格は、「生まれつきの性格」「教育環境」「生活環境」「社会環境」など等、すべての要因から形成されますから、一人一人まったく違います。発想の根っ子が違うのですから、そこから導き出された見解も異なります。それが個性です。

そして、作品に表れてくる個性を見続けていますと、発想の根源である作者の人格まで分かってきます。「作品は作者そのものである」と言われる所以です。

課題吟（その一）

自由吟と課題吟

川柳の作り方を大きく分けますと、自由吟（雑詠）と課題吟（題詠）になります。そして、その違いを簡単に記しますと次のようになります。

〔自由吟（雑詠）〕
・課題などの規制はなく、心に浮かんだままを詠う。
・他者と競い合うのではなく、主に同人誌などに「同人近詠」などとして発表する。最近は、句会や大会でも競吟として扱われることが増えてきた。
・何の規制もないため、作者の真情が込められた文学的価値の高い作品が生まれやすい。

〔課題吟（題詠）〕
・与えられた課題に添って詠う。
・川柳の出発点である「前句付」の前句が、現在の課題にあたる。川柳の伝統的な詠い方。
・句会や大会などにおいて、参加者全員が同じ課題に向かって競い合うため、ゲーム的要素が濃い。

自由吟は、雑詠とも呼ばれていますが、雑詠の「雑」の印象が悪いせいなのか、最近では「自由吟」とすることが多くなってきました。その流れで、題詠も「課題吟」と称することが多く、これから取り上げる「印象吟」「嘱目吟」「慶弔吟」という呼称につながっています。ただし、このような呼称は分類上の用語にすぎませんのでこだわる必要もなく、どちらを使用しても差し支えありません。

ここまでの講座で述べてきたことは、主に自由吟を念頭に置いていますが、基本的な考え方は自由吟も課題吟も同じです。ただ、課題吟は選者の選を受けますから、自由吟とは違った「課題吟としての心得」があります。本項ではそのことについて検証していきます。

●――課題吟でも「目標」を忘れないこと

課題吟は句会や大会など、他者の作品との競合の場に出します。比べ合いとなると成績が気になるのは誰しも同じで、「入選を」という意識が強くなってしまいます。その結果、入選したとしても、自分の正直な想いや現在の姿が現れていない作者不在の虚しい句であることが多々あります。それが、句会や大会の最大の弊害であり、「課題吟から文学的価値の高い作品は生まれにくい」と指摘されるところでもあります。

しかし、課題吟であっても心構えひとつで優れた作品は生まれます。その心構えとは、自由吟と同じように、「今の自分の姿、今の自分の想いを表明する」という目標を第一にすることです。この目標をしっかり持っていると、「作品の優劣を競う」とか「良い成績を上げたい」という雑念に惑わされることはありません。

課題吟で「自分の姿、自分の想い」を表明するには、どのような課題であっても、その課題を自分のこととして自分に絡めて考えることです。

老いてなお愛しい命だと思う 若草はじめ

わが腕で膝頭抱くいのち抱く 大西　泰世

年金の入る命だ手入れする 佐藤　久絵

忘れてた命気付かす風邪薬 木村柳心児

神さまと医者に預けている命 堀尾すみゑ

右は、課題「命」の入選作ですが、いずれも作者自身の命だと分かります。このように、課題を自分のこととして見詰めますと実感のある作品になります。

もちろん、「命」という課題なのですから、発想を広げてゴキブリの命でもクラゲの命でも千年杉の命でも構いません。しかし、まずは、いちばん身近な「自分の命」を見つめてほしいということです。

大会などの出句数は、各課題二句が標準ですから、少なくともその内の一句は「自分のこと」を詠うようにお勧めします。この世に存在するものはすべて、何らかの形でにんげんとつながっていますから、どのような課題であっても、自分と結びつけて詠えるはずです。

課題を詠み込むか、詠み込まないか

課題吟での考えどころの一つは、課題を詠み込んで作るのか、それとも詠み込まないか、という点です。

「詠み込む」というのは、課題を句の中に入れることを言います。たとえば「ほどほど」という課題の場合、

ほどほどの顔にほどよい眉を描く　田中　希林
ほどほどのたしなみ見せて身が軽い　河津寅次郎
ほどほどの孤独で今日も群れている　長澤アキラ
上見ればきりなし鍋の底洗う　片石志津子
人並に合った歩幅で転ばない　笹沼　秀臣
手加減のレシピで母の味確か　北出　北朗

前三句は、「ほどほど」を入れていますから、課題を「詠み込んだ句」であり、後の三句は課題を入れずに「ほどほど」という状況を詠っていますので、課題を「詠み込んでいない句」となります。どちらが良いのかは意見の分かれるところです。そのことについて考えてみましょう。

句会や大会などの発表誌には「課題〇〇」として入選句がズラリと並べられますが、発表後の作品は独

立して歩き出します。「独立して歩き出す」というのは、作者の手を離れて世間に出て行くという意味であり、優れた作品であれば作者名と共に末永く記憶され愛唱される、ということを指します。そのように、独立して歩き出した句に「課題〇〇による入選句」などと注釈を付けることはありません。自由吟で生まれたものか、課題を詠み込んだものか、などは誰も知り得ず、問われることもありません。

このように、誕生したいきさつには関係なく、完成した作品が優れていればいいのですから、課題を詠み込んでも詠み込まなくても、どちらでも良いということになります。

ただ、「名詞の課題は詠み込まないと表現しにくい」とか「形容詞の課題を詠み込むと説明が重複する」など、課題によって対応を考えなければならないことがあります。

課題で出されるものは、主に「名詞」「動詞」「形容詞」「副詞」などです。それぞれの課題についてどのように対処すべきかは項を改めて詳しく検証しますが、とりあえず一つだけ具体例を挙げてみます。

次の句は、ある名詞の課題に対する作品です。どのような題であったのか、それを考えながら読んでください。

換気扇ここも秋刀魚を焼いている
戌年の妻は浮気を見逃さぬ
孫が来る消臭剤を急ぎ振る

それぞれ、「季節の風物」「妻の勘の良さ」「孫への気遣い」を主題として詠っています。佳作とは言えないまでも多少のおもしろ味はあります。これらの作品が自由吟であれば問題はありませんが、実は、「鼻」という課題で作られたものです。鼻という課題であれば、鼻を主題として扱い、句の中に鼻が表れていなければなりません。が、右三句、鼻から発想を広げたのは分かりますが、途中で主題が変って、肝心の「鼻」が表現されていません。やはり、名詞の課題の場合は、課題を詠み込まずに作るのはむつかしいことが分かります。

一方、「課題は発想のヒントにすぎない。作品に課題が表れていなくても良い」という意見もあります。右に挙げた三句の例でも構わないという考え方です。しかし、現在の川柳界では「課題を主題とし、課題そのものを詠うべきである」という考え方が主流です。

この件につきましては、次項「課題から離れないこと」で詳しく検証します。

●「字結び」に注意!

漢字一文字の課題で、稀に「字結び可」と注釈が付いている場合があります。この「字結び」とは、課題の字を詠み込んで詠うのが条件であるということ。また、課題の字さえ入っていれば何を詠っても良いということです。

たとえば「家」という課題でしたら、本来ならば「私の家」や「隣の家」「新築の家」「廃屋」「豪邸」など等、いわゆる「建築物の家」を主題としなければなりません。

しかし、「字結び可」となっていましたら、「家庭」「家事」「家具」「家紋」「実家」「本家」「一家」「国家」「作家」「出家」「家庭裁判所」等など、「家」さえ入っているなら何を詠っても良いとなります。

課題が「母」であれば、「母国」「母船」「雲母」「分母」「保母」「乳母」「寮母」「航空母艦」など、「母」という文字さえ入っていれば何でもOKというのが字結びです。

このような詠い方は、言葉遊びの要素が入ってきますので最近では少なくなってきました。が、「家」という課題で「家紋」や「国家」「出家」など、飛び離れた発想が出てくるのは字結びの効用であり、まったく無意味というものではありません。

念のために付け加えておきますが、「字結び可」と注釈がない場合は、「家」という課題で「家紋」や「国家」は避けてください。あくまでも「建物の家」を対象とするべきです。「母」という課題であれば「にんげんの母」を対象とするべきで、「母国」や「母船」や「分母」が駄目なのは当然です。このことについては、「名詞の課題を考える」で、もう一度おさらいします。

なお、この「字結び」は、「詠み込み」の一種ではありますが、「詠み込み」は課題をそのまま句の中に入れる詠い方であるのに対して、この「字結び」は課題の「文字」さえ入っていたらよい、ということですので、意味は大いに異なります。稀に「詠み込み」と「字結び」の意味を混同している場合がありますので注意してください。

課題吟（その二）

No.034

課題に凭れないこと

「課題に凭《もた》れている句」というのは、課題の意味に寄りかかっていて、課題を外すとおもしろ味や川柳味の消えてしまう句のことを言います。たとえば、

庭先でコホンとひとつ妻の咳

右の句、「庭先から妻の咳が聞こえた」ことを報告しているだけで、こころに響くものはありません。しかし、これはある句会の「静か」という課題で入選したものです。

それを予備知識として、もう一度見直しますと、確かに「静かな情景を詠っている」ように思えて、佳作とは言えないまでも、少しは感興が湧く気がします。選者も当初から「静か」という課題が頭に入っていますから、静かな情景を頭に描いて入選にしたのでしょう。しかし、課題を外したときに鑑賞に堪える句とは思えません。

また、課題を外すと、何を言っているのかサッパリ分からない句もあります。

外に出てひたすら濡れるのが仕事

右の句、意味が分かったでしょうか？　現代川柳は自分を詠うのが主流であり、主語のない句は作者

自身のことだと解釈されます。したがって、この句は「私の仕事は外に出て雨に濡れることです」となり、意味は推定できますが何を言いたいのか見当がつきません。「雨に濡れる仕事だから→つらい」という想いも感じられません。

実は、右の句は「傘」という課題吟で没になったものです。この句の横に「傘」をくっつけますと、「なるほど、おもしろいことを言っている」となりますが、「傘」を外すと、まるで判じ物で意味不明となってしまいます。この句も課題が横にあることを前提として、傘を説明しているだけですから、「課題に凭れている句」となります。

特に、課題を詠み込まずに作った句は、提出前に「課題に頼っていないか」「課題を外しても独立して鑑賞に堪え得るか」と、読者の目になって見直すことが大切です。

●――課題から離れないこと

自由吟の場合は、こころに浮かんだことを自由に表現するだけでいいのですが、課題吟は「課題に添う」という制約があります。課題は創作のヒント、あるいは発想をうながす引き金でもありますが、「課題を主役として扱うように要求されている」と理解してください。

すなわち、完成した作品に「課題に対する作者の見解」や「課題が浮かんでくる情景や状況」などが明確に表れているように心がけなければなりません。

次に挙げた三句は同じ課題で作られた作品です。さて、どのような課題で作られたのでしょうか？ そのことを考えながら、読んでください。

結局はこのマフラーも父が巻く

適材が適所に居れぬ人減らし

頷いて黙って聞いてくれた母

それぞれ、「息子と父親の関係」「景気の悪い会社の状況」「母のありがたさ」を表現しているのがよく分かります。これらの句が自由吟なら問題ありません。しかし、右三句は「首」という課題での作品です。首という課題でしたら首に対する作者の見解や想いを詠わなければなりません。今、読んだときに「首」が頭に浮かんだでしょうか？

それぞれ、首から発想を広げていったのでしょうが、考えを進めているうちに、主題となるべき首が消えて、結果として「父の姿」「会社の状況」「母の姿」を詠っているだけになってしまったのです。

右はいずれも、課題を詠み込まずに表現しています。前項でも検証しましたように、名詞の課題の場合は、詠み込まずに作りますと課題から離れることが多々あります。

なお、「課題に凭れる」と「課題から離れる」を分かりやすくするために、簡単におさらいしておきます。

〈課題に凭れた句〉

課題が横にあるという前提で作っているので、課題を外すと意味不明になり、一句として独立できない。

〔課題から離れた句〕

一句として独立できているが、句の主題が課題から離れている。あるいは、課題がまったく表現されていない。

課題を主役にすること

前章で、「課題から離れてはいけない」「課題を主役として扱うように」と述べました。このことは重要なポイントですので、もう少し詳しく考えてみましょう。

次の句はすべて「鳥」という課題の入選作です。それぞれ課題の扱い方が異なっています。

①九官鳥孫の名前を呼び捨てる　山本　芳男
②うぐいすが鳴いて田んぼが動きだす　相田　武治
③鳥の道魚の道が地球巻く　畠山　軍子
④さえずりとせせらぎを聞く万歩計　吉原　一典
⑤反抗期子の羽ばたきだなと思う　松田　順久
⑥波乗りがとってもうまい風見鶏　平山　満

①と②は、「九官鳥」と「うぐいす」を主役としています。課題「鳥」で九官鳥や鶯を対象とすることの是

非については、次項「名詞の課題を考える」で詳しく検証しますが、ここでは是認されていると理解してください。

③は、「鳥」と「魚」を同格に扱っています。主役が二つになっているので課題のウエイトが半減しています。

④も、「さえずり」と「せせらぎ」を同格に扱っています。また、この句の主役は鳥ではなく万歩計です。

⑤は、鳥からの発想ですが、主役は「反抗期の子」であり、鳥は表れていません

⑥も、鳥からの発想ですが、主役は「風見鶏に喩えた人物」であり、鳥は表れていません。

右の六句を整理してみますと、

・課題を主役としている　↓　①②

・主役が二つになっている　↓　③

・課題が脇役になっている　↓　④

・課題が表れていない　↓　⑤⑥

このような様々な形態の句が入選しているのは、選者の考え方の違いによります。もとより、文芸は自由がいのちです。課題に対する見解もいろいろあって当然です。

では、どのような考え方があるのでしょうか。大雑把に分けて検証してみましょう。

[A]課題吟は、多くの作品を一堂に集めて比較する性格上、共通のルールが必要であり、その柱は「課題

を主役にして詠う」ことである。課題を脇役や端役にするのは、優れた内容である以外は極力避けるべきである。課題が表れていないのは失格である。

右の例では、①②が合格。③④は作品の内容によっては合格。⑤⑥は失格。

[B]課題は発想のきっかけでありヒントにすぎない。発想を広げた結果として、課題が端役になっていても、明確に表れていなくてもかまわない。課題の扱い方には関係なく、内容の優劣のみで比較すべきである。

右の例では、①〜⑥すべて合格。

もっと他にも様々な考え方があるでしょうが、比較しやすいように両極端のものを挙げました。[A][B]共に傾聴すべき意見です。文芸の本質から言えば、自由吟の考え方と同じ[B]が正論のようにも思えます。しかしながら、作品を競い合うという、課題吟のシステムそのものが文芸の本質から離れているのですから、[A]の見解を無視することはできません。

このように、課題吟に対する考え方は人によって異なります。あなたが将来、どのような見解を持つようになるにしても、取り敢えず、作句する姿勢としては、課題を主役にすることをお勧めします。その根拠は次に述べます。

●――なぜ課題を主役にするのか？

課題を主役にと強調する根拠の主なものを挙げます。
①物事の本質を見極めようとする姿勢が身につき、多くの知識を得ることができる。
②課題吟の基本姿勢であり正道である。
③現代川柳界の主流である。

①、提出された課題について観察し考察する習慣によって、ものごとの真実を追求する姿勢が身につくと同時に、広い知識を得ることができます。

たとえば、課題が「鳥」なら「鳥と自分の関係」「身近にいる鳥」「鳥の生態」「鳥の役目」「絶滅寸前の鳥」など等、鳥を克明に観察し真剣に考えます。このような機会がないと鳥について調べることなど生涯ないでしょう。

このようにして、次々と出てくる課題を一つずつ「観察し考察する」ことによって、知らず知らずの間に膨大な知識を得ることができます。

また、課題吟は、ほとんどが他者との競吟ですから、ともすれば成績を上げることだけを目標としがちです。しかし、①を主眼とすることによって、そのような雑念を払拭することができます。

②③、課題を主役に据えることとは、野球に喩えて言えば、ストライク・ゾーンに向かって投げ込むことです。それが、課題吟に対する基本的な姿勢であり正道です。そして、現代川柳界ではこの考え方が主流になっています。

一方、課題が遠くなるまで発想を広げるのは、「同想句になるのを避けたい」という思いもあるのでしょう。しかし、同想を避けるために課題が消えてしまうほど飛躍するのは邪道です。あくまでも課題を主役に据えて、新鮮な見解に辿り着くまで克明に観察し、執拗に考え抜く力こそ「作句力」です。

課題吟（その三）

No.035

名詞の課題

大会に限らず、地域句会においても主催者が苦心することの一つが「課題」です。何度も出ているのは避けたく、かといって珍奇すぎるのも取っ付きにくいものです。

課題で出されるのは「名詞」「動詞」「形容詞」「副詞」などです。それぞれ作句上の注意点が少し異なりますので、章を分けて考えて行きましょう。

この中でいちばん多く出てくるのは名詞です。名詞は他の品詞よりも数が多いことに加えて、取り組みやすく発想を広げやすいことも、頻繁に取り上げられる理由でしょう。

句を作る主な方法は「観察」と「考察」ですが、五感（視覚・聴覚・味覚・嗅覚・触覚）で感じることができるものは、まず、観察を優先させます。

具体的に言えば、「風」という課題でしたら、机の前で頭を抱えて「そよ風?・暴風?・風速?・疾風?・」などと考え込まず、外へ出て風の中に身を置きます。そして、風の動きを凝視し、風の音を聞き、風を肌で感じ、風の匂いを嗅ぎ、風を味わいます。そうすると、頭で考えただけでは得られない「ほんとうの風のありさま」を掴むことができます。

そのような実感や真実こそ、読者のこころに届く最大の力であることは何度も述べている通りです。ただ、観察するのがベストでも、形のないものは考察に頼らなければ仕方がありません。たとえば「心」などは、「今の私の心は?・』『邪心?・』『虚栄心?・』『猫の心は?・』『樹木の心は?・」など等、通り一遍のものではない独自の見解を導き出すまで執拗に考え抜きます。

名詞の課題での問題の一つは、「花」という課題の場合、「薔薇」や「水仙」『朝顔』『ヒマワリ」などを詠っても良いのか、ということです。

このことについては、「課題が花であれば、『花とは何ぞや』と、『花というもの』に対する概念や見解を求めているのであるから、薔薇や水仙を詠うのは課題から離れている」という意見があります。

また、「どんな花でも良いのであれば、課題は花一切《いっさい》としなければならない」という指摘もあります。

確かに、厳密に言えばその通りですが、「花」だけに絞りますと発想が窮屈になり、同想句に陥るおそれが多々あります。また、「…寡黙な花に癒される」というように詠っても、読者には「どのような花なのか」が見えてこず、実感のない浅薄な句になってしまいます。

大会の発表誌を精査しても「花」という課題で「花」だけしか採っていないという例はありません。また、課題「魚」での入選作には「鯛」「鰯」「鰤」「鯖」「金魚」など等、いろいろな魚が見受けられます。このような現状から、「花という課題であれば、花一切と注釈がなくても、どんな花でも良い」という見解が主流であると推察いたします。

課題「歌」の、いろいろな歌の入選例。

快晴のキッチン今朝ははるみ節　篠田　東星
君が代を知らず学舎去っていく　荻野　浩子
デュエットのきわどい曲で熱くなり　八木　勲
トッカータ二羽のトンビが空を舞う　吉田　祥

課題「果物」の、いろいろな果物の入選例。

これからを模索している青リンゴ　岩田　明子
山寺の柿が今年も熟れすぎる　田辺　鹿太
温室のぶどうへ聴かすポロネーズ　住田英比古
ギヤマンを選んでみせるマスカット　山本　早苗

名詞の課題でのもう一つの注意点は、講座No.33で検証した「字結び」にならないようにすることです。

たとえば、「帯」という課題でしたら、人の腹に巻く帯を主題とするべきです。「所帯」とか「熱帯」「安全地帯」「帯状疱疹」などは本来の「帯」ではなく、いわゆる「字結び」ですから、「字結び可」という注釈がない限りは避けなければいけません。よく出る名詞の課題で、避けるべき例を挙げておきますので注意してください。

それぞれ「　」内が課題であり、その下が避けるべき字結びです。「家」と「母」については、講座№33で述べていますのでここには記しません。

「風」　風格・風流・風紀・風習・風邪・痛風・和風・洋風
「目」　目的・目標・目次・目下・目盛・目途・二代目
「口」　口火・口裏・口座・出口・間口・窓口・人口・利口
「山」　山勘・山女・山師・山芋・山椒・山積・山分け
「空」　空豆・空似・空気・空手・架空・防空壕・空手形

この例を見て「とても覚えられない」と思う人もいるかもしれませんが、例を一つずつ覚える必要はありません。「課題が風なら本物の風を詠うべきである。風格などは課題から離れるので対象としない」という考え方を理解しているだけで、どのような課題が出ても対処できます。

また、「名詞の課題は詠み込まないと課題そのものを表現しにくい」ということは前々項で検証済みです。では、詠み込まなくても表現できる例を考えてみましょう。

課題「都会」の入選例。

人も木も眠らぬ街で不眠症　伊藤　悠子
高層に住んで鳥の目手に入れる　大井　幸子
雑踏に人の顔した鵺がいる　藤田　千休
東京タワー見える所で母が病む　小林信二郎

右それぞれ、「都会」という課題を詠み込まずに、都会に住む自分の姿、都会に対する見解を述べて「都会というもの」を表現しています。このように、名詞の課題であっても、課題によっては詠み込まずに表現できます。しかしながら、詠み込まないと課題から離れやすいことも事実ですから、提出前に「課題が明確に表現できているか」「課題から離れていないか」と、慎重に確認する必要があります。

●――動詞の課題

前章の名詞の課題では「まず観察」と述べました。動詞の課題では「まず体験」です。すなわち、「歩く」という課題でしたら実際に歩いてみます。そうすると「気分が良くて思わずスキップした」とか「膝が痛くて杖が欲しくなった」など、頭で考えただけでは得られない実感を掴むことが出来ます。もちろん、体験できない「消える」「枯れる」「腐る」などは考察しなければなりません。

動詞の課題でしばしば議論されるのは「否定形で詠うことの是非」です。すなわち、「休む」という課題で「休まない」と詠っても良いのか。「動く」という課題で「動かない」と表現してもかまわないか、という問題です。

否定形は駄目という人の言い分は「休むという課題が求めているのは、休むことに対しての見解であり、休まないことを表現するのは課題から離れている」というものです。

この意見に同調する人も少なくはありませんが、現状は、「動詞の活用形は否定形も含めてすべて是認する」という考え方が主流になっています。すなわち、「休む」という課題でしたら「休まない」「休めない」「休め」「休めば」「休もう」など何でもOKだということです。

また、「休まない」とか「動かない」という否定形の課題が出されることはありませんので、否定形が駄目なら「休まない」や「動かない」いう内容の句は作れないことになってしまいます。そのようなことを考えますと、否定形が許容されるのは当然のことでしょう。

右の「動詞の活用形はすべて是認」という考え方が妥当であり正論であろうと承知した上で、なおかつ、皆さんには、できるだけ否定形は避けることをお勧めします。

その第一の理由は、否定形で詠うことは、前項で検証した「課題を主役にする」そして、「ストライク・ゾーンに向かって投げる」という「課題吟の正道」から外れている印象を受けること。二つ目の理由は、同じエネルギーを使って作句するのであれば、わざわざ否定形で表現することはなく、課題に対して素直に向き合うべきだということです。

加えて、理由とは言えない私自身の気持ちの問題ですが、課題が「休む」であるにもかかわらず、「休まない」と言ったり、「動く」であるのに「動かない」と表現するのは、なんとなく課題に逆らっているようで、否定形で作句するのは気が進まないことがあります。

もちろん、どうしても否定形で表現したいことがあるとか、否定形でいい句ができたということでしたら話は別です。誰に遠慮することもありません。

また、動詞の課題においても、「課題を詠み込むか詠み込まないか」が考えどころの一つになります。発表誌を見ても、詠み込んでいる句が圧倒的に多いのは名詞の課題吟と同じです。が、名詞の課題よりも詠み込まずに表現しやすいようですから、発想を広げ同想句を避けるためにもチャレンジしてみる価値はあるでしょう。

課題「歩く」の入選例。

①時どきは夫忘れて歩きます　蔀　帆子
②ひとりでもいいさ転ばぬよう歩こ　河内　月子
③半分はあの世を歩く花火の夜　夕　凪子
④真っ直ぐに歩こうとする酔っ払い　斎藤　幸男
⑤貧乏でいい飄々と下駄の音　田中　道博
⑥うまいもん形状記憶してる足　飛田　陽子
⑦自転車を押して話はまだつづく　山本　玉恵

⑧島の子はみな挨拶をしてとおる 藤解 静風

右、①〜④が課題「歩く」を詠み込んだもの、⑤〜⑧が詠み込まずに表現したものです。比較しますと、課題を詠み込んでいない方が発想の広がりがあるようですが、優劣をつけるほどの差はありません。

①②③⑤⑥⑦は、「自分が歩く姿」を省みて、④⑧は、他者が歩く姿を観察して詠っています。やはり、「詠み込んでも詠み込まなくても、内容が良ければ良い」ことが分かります。

課題吟（その四）

No.036

形容詞の課題

形容詞は、「甘い→林檎」「鬱陶しい→雨」「重い→心」「美しい→空」のように、主として名詞の修飾をします。「名詞を修飾する」ということは、事物に対する「心情や状態を説明している」ことですから、その心情や状態を具体的に述べると、課題を詠み込まずに詠うことができます。

逆に言いますと、心情や状態を具体的に述べていながら、課題を詠み込むと説明過剰になって、余韻のない句になってしまいます。たとえば、

あの声は孫と信じて振りこんだ

村上　直樹

右は、「甘い」という課題での入選作です。振り込め詐欺に引っ掛かった「甘い自分の姿」を具体的に述べることによって、課題を詠み込まずに「甘い」を表現しています。同じ内容でも、

あの声は孫と信じた甘かった

オレオレを孫と信じた甘かった

このように課題を詠み込みますと、「声だけで孫と信じた」ことで、「甘い自分」は充分に表現できていますから、その上に「甘かった」と付け加えるのは説明過剰になり、読者が鑑賞する余地がなくなります。

右の例でも分かりますが、形容詞の課題では、「甘い」とか「重い」という心理や状況を具体的に表現するだけでいいのですから、詠み込まずに詠うのは容易です。また、詠み込まずに表現したほうが発想を広げやすく、同想句を避けることができますので、形容詞や副詞の課題は、できるだけ詠み込まないほうがいいでしょう。

ただし、詠み込んでいても優れた句はありますから、絶対に詠み込んでは駄目というものではありません。

講座No.33でも強調していますが、「課題を詠み込んだか、詠み込んでいないか」などという誕生のいきさつには関係なく、完成した作品が優れていれば良いのです。

また、「課題を詠み込まないほうが良いという理由の一つとして、「課題を詠み込まないのは、前句付以

来の伝統的な作句方法である」という考え方があります。しかし、これは伝統に対する個人の考え方の問題であり、作品の質には無関係です。「伝統的な詠い方に則って課題を詠み込まない」というのも一つの見識ではありますが、他者に押しつけることはできません。

課題「甘い」、詠み込んでいない入選例。

年下の夫で好きにさせてます　鈴木　栄子
消費者を騙そうとする経営者　上山　堅坊
ほっとけば多分なんとかなるだろう　嶋澤喜八郎

課題「甘い」、詠み込んだ入選例。

異性には思わず甘い声が出る　秋貞　敏子
ウエストのゴムが私を甘やかす　岩崎　玲子
嫁さんにあまい息子が情けない　板東　倫子

●──副詞の課題

副詞は、「すぐに→怒る」「ふっくら→膨らむ」「にっこり→笑う」など、動詞を修飾するものと、「とても→大きい」「非常に→重い」と形容詞を修飾するもの、そして、「もっと→ゆっくり」など、他の副詞を修飾するものがあります。

右の、「すぐに」「ふっくら」「にっこり」は状態を表し、「とても」「非常に」「もっと」は程度を表しています。

したがって、その状態や程度を具体的に述べると、課題を詠み込まずに表現できるのは、形容詞の場合と同じです。

課題「ふっくら」、詠み込んでいない入選例。

丸顔がとっても似合うコックさん　毛利　由美
別腹という贅沢なLサイズ　倉　周三
コッペパンずっといい子のままです　桂　晶月

課題「ふっくら」、詠み込んだ入選例。

ふっくらになったら似合う割烹着　笠嶋恵美子
大阪のケチでふっくら貯めている　久保田元紀
たこやきがふっくら焼けて恙なし　上嶋　幸雀

●――オノマトペの課題

オノマトペ（擬声語）は、前章と同じ副詞であり、主に動詞を修飾しています。同じ副詞ですから、課題になった場合の考え方も同じでいいのですが、少し付け加えたいことがありますので、あえて章を分けました。

オノマトペは、鳴き声や物体の発する音などを真似た「擬音語」と、聴覚では感じない動作などを表現する「擬態語」があります。このことについては、講座19で取り上げていますので再読してください。例としては、

擬音語　ワンワン・ピヨピヨ・ザアザア・ガタピシ

擬態語　そわそわ・わくわく・てきぱき・すたこら

など等、他にもたくさんありますが、この内の擬音語が課題となるのは稀です。なぜならば、「ワンワン」は犬の鳴き声と決まっていますから、詠う対象は犬か犬を比喩に使用するぐらいで、発想が広がりにくいためです。同じように、ピヨピヨはヒヨコ、カアカアはカラスと決まったものですから、思いがけない素材を掴むのはむつかしいでしょう。

このように、対象とする範囲が狭くなってしまう課題は、作句する立場としても面白味が薄く、同想句も生まれやすいので出題されることは稀です。

その点、擬態語は対象がぐっと広くなります。たとえば、「わくわく」を課題にした場合、「わくわくする状況や背景」はいっぱいありますから、発想を広げやすく、同想句になるおそれも少なくなります。

ただ、気をつけたいのは、「擬態語は動作や態度を感覚的に表現している」という性格上、課題を詠み込むと説明過剰に陥るおそれがあります。すなわち「わくわく」という課題で「わくわくする状況」を述べ

た上に、なお「わくわく」という言葉を入れますと、表現が重複してしまいます。

このことは、前述の形容詞や副詞でも同じ理屈なのですが、特にオノマトペの場合は、オノマトペそのものが比喩（声喩）になっていますから、表現した状況に被せて使用するとくどい感じがするのです。

ただし、右のことを理解した上で取り扱えば、説明過剰に陥ることなく表現できるのも、他の副詞と同じです。

課題「わくわく」、詠み込んでいない入選例。

再婚の話があって眠れない　　西内　朋月
忘れてた胸の高鳴り恋ですか　　森田　麗
再会へ何度も覗くコンパクト　　北村　賢子

課題「わくわく」、詠み込んだ入選例。

わくわくを探しています秋の視野　　山本希久子
妻の留守なぜかわくわくするのです　　柿花　和夫
わくわくといざ姥桜楽しまん　　古今堂蕉子

課題「ペコペコ」、詠み込んでいない入選例。

カミさんにブリキの楯で立ち向かう　　山本トラ夫
マニュアルの通りに頭下げておく　　河合笑久幕

生きている朝昼晩に腹が減る　宮本　游子
ペコペコに踏まれてボトル甦る　風間なごみ
ペコペコの延長線に御栄転　小谷　小雪
ペコペコの腹で昭和を戦った　土藏　芳竹

課題「ペコペコ」、詠み込んだ入選例。

●「詠み込み不可」の課題

ここまで考察してきた課題は、すべて「詠み込んでも詠み込まなくてもよい」ものでした。しかし、稀に「詠み込み不可」と注釈の付いた課題があります。たとえば、

「じれったいこと」（詠み込み不可）
「くやしいこと」（詠み込み不可）

などです。それぞれ「じれったい（詠み込み不可）」「くやしい（詠み込み不可）」という課題でも成立しますが、わざわざ「…こと」としているのは「このような心理状態を表現してほしい」という出題の意図を明確にするためです。たしかに、誤解される余地のない丁寧な出題方法です。特に、詠み込まずに詠うことが不慣れな初心者には親切で、迷うことなくスムーズに取り組むことができます。

もちろん「詠み込み不可」と注釈が付いていますから、「じれったいこと」という課題では、「じれった

い」という言葉を使用せずに、じれったく感じたことやじれったい状況を具体的に表現しなければなりません。

課題「じれったいこと」(詠み込み不可)の入選例。

渋滞を避けて耕運機に出合う　橋本征一路
縺れ合う蛍を見てるだけの彼　柴田　園江
大声で言ってやりなよのび太くん　南　さと奈

課題「くやしいこと」(詠み込み不可)の入選例。

言い返す言葉を風呂で思いつく　菱木　淳一
乗り遅れ雨のホームに一人だけ　山田　義則
摑み取りもみじのようなわたしの手　中村　和

〔ワンポイント・アドバイス〕

一つの課題に対して提出できる句数は、少人数の句会で三句、大会では二句が標準です。あなたが、課題を詠み込む句ばかり作っていて、詠み込まない句を苦手としているのでしたら、二句の内の一句は、詠み込まない句にチャレンジすることをお勧めします。課題を詠み込む場合は、課題に想いを集中することができますが、発想は狭くなりがちで、他者と同想の句になる恐れもあります。

一方、課題を詠み込まない方法は、発想の範囲が広がり思いがけない作品が生まれることがあります。少々面倒と思っても、考え方を柔軟にして創作力を高めるためにも試みるべきでしょう。前章の「詠み込み不可」という課題もそのようなトレーニングを意識してのことです。

ただし、名詞の課題は詠み込んだほうが無難であるのはすでに述べた通りです。

また、関東では「詠み込み不可」となっていなくても、「形容詞の課題」や「副詞の課題」は、詠み込まないことが主流です。関西では詠み込むことが多かったのですが、最近は詠み込まない方向に進んでいると推定いたします。

印象吟

No.037

印象吟とは

前項までの課題吟は「言葉」を課題としていましたが、「絵画」や「音楽」などを課題とする場合もあります。

このような方法は、「イメージ吟」や「連想吟」とも言われていますが、本講座では「印象吟」とします。

印象吟の目的は、五感（視覚、聴覚、嗅覚、味覚、触覚）に刺激を与えて発想を得ること。そして、便利な暮らしで退化しつつある感覚を蘇らせようという試みです。

出題方法を簡単にまとめますと次のようになります。

視覚　↓　写真や絵画を会場に貼り出す。
聴覚　↓　音楽や異音を会場に流す。
嗅覚　↓　会場に香を焚く。異臭を嗅ぐ。
味覚　↓　出席者全員が同じものを飲食する。
触覚　↓　手で物体を触ったり握ったりする。

多くの句会や大会では、まだまだ「言葉」だけの課題ですが、意欲的な句会や勉強会では様々な方法にチャレンジしていますので、実例を挙げて検証して行きましょう。

●――課題吟との違い

印象吟も課題吟の一種ではありますが、作句方法が少々異なるので敢えて項目を分けました。

言葉の課題の「言葉」には、明確な「意味」がありますので、課題に対する見解や、課題が表れている状況を述べることができます。また、選に当たっても「作品に課題が表れているかどうか」を選考基準にできます。

しかし、印象吟の課題の「絵」や「音」や「匂い」、そして、「味」や「触感」というものには、参加者全員が共通に認識できる「意味」などはありません。それぞれが、「どのように感じるか」だけです。

課題にとらわれるのではなく、五感で受けたものから発想を広げますから、「課題から離れず、課題を主役にすること」という課題吟の正道に添うことは極めて困難です。

このような印象吟の詠い方は自由吟と似ています。自由吟の場合は、自分が想っていることや考えていることを自由に述べればいいのですが、印象吟では、その「想いを生じさせるヒント」を課題として提出しているだけです。

したがって、印象吟の作品に対する選考には「課題が表れているかどうか」を問うのは妥当ではなく、自由吟と同じように「作品の質のみ」を重視するべきだと考えます（選者の心得については項を改めて取り上げます）。

以上のようなポイントが、印象吟と課題吟の大きな違いであり、項目を分けて検証する理由です。

●――視覚を刺激する

印象吟でいちばん多く行われているのは、写真や絵画の課題です。この方法は写真や絵画を会場に掲示するだけですから出席者が多くても簡単に出来ます。誌上句会でも可能ですので最近はかなり普及してきました。

前章でも述べましたが、印象吟では、課題に対する見解を求めているのではありません。頭で考えるのではなく、「触発されたイメージ」を求めているのです。課題を理屈で分析するのではなく、感覚的に受け止めてインスピレーションを得ようという試みです。

したがって、写真や絵画も具象は不向きです。たとえば、何の変哲もない「椅子の写真」であれば、名詞の課題「椅子」と同じことです。椅子であれば「ひっくり返っている椅子」とか「プールに浮かんだ椅子」など、見る人に「何だ？」と刺激を与えるものが必要です。

しかし、取り付くシマもないような抽象画は発想のヒントになりにくいものです。抽象的な絵であっても、少しは具象が混じっているものが良いでしょう。

左の句は、「曲がった鉄筋が突き出ているコンクリートの破片」の写真を課題として作られたものです。

①筋金であった頃には戻れない　杉山　太郎
②前向きに生きて自分の足を踏む　加藤　利子
③僕の愛曲がった軸を直します　利丘　茂太
④強がっていたが寂しい父だった　松本とまと
⑤この道に虹が出るまで待つつもり　真田　義子
⑥おーい雲　地球の汚れ見えるかい　辻　弘司

①②③は、「曲がった鉄筋」の部分から発想を広げたと推定します。④⑤⑥は、コンクリートの破片全体からイメージしたのでしょう。それぞれ、課題の写真がなくても一句として独立して意味を持っているのが分かります。

もちろん、課題を外すと意味不明になる「課題に凭れた句」が駄目なのは言葉の課題の場合と同じです。

猛暑過ぎこんな姿になりました
愛憎の終わりはこんな形です
地球へのツアー土産はこれですか

右三句、再読しても具体的なイメージが湧いてこず意味不明です。その原因は、作者が見て知っている「こんな」とか「これ」を、読者は見ていないからです。

この三句も、先ほどの「曲がった鉄筋が突き出ているコンクリートの破片」の写真から生まれた句です。このように、視覚で捉える印象吟は「課題に凭れやすい」ところがありますから、充分に注意が必要です。

●――聴覚を刺激する

左は、ある勉強会で「ハーブ・アルパート」の「ROTATION」（トランペットをメインにした、サンバ調の軽快で元気の良いリズム）を聴いて生まれた句です。

方法としては、「ROTATION」の演奏時間が五分弱ですので、二回繰り返してから三分後に締め切りました。
印象吟は理屈で考えて作るのではなく、感じたことを述べるだけですから、短時間で対応するのが理想です。

テキーラに焼かれた舌でキスも燃え　清水美智子
捜してよ私こんなに弾んでる　藤井　寿代
サンバのリズムで老春をかきたてる　安江　典子
台所リズムに合わせ杓文字打つ　荒木ひとみ
明日はどうなろうと今日を踊る　渋谷由紀子

それぞれ、一句として独立していて、課題のメロディーを聴いていない読者にも意味が明確に分かります。

●──嗅覚を刺激する

講座No.10の「鼻でつかむ」の章で、「川柳の素材を探そうと意識してニオイを嗅ごうともしません」と述べました。その「意識して嗅ごうとしないニオイ」を強制的に嗅がせて発想の契機にしようというのが嗅覚に向けた課題です。

次の句は、勉強会「ぜりぃびぃんず」（赤松ますみ代表）で生まれたものです。出題方法は、「アロマオイル」を染み込ませたティッシュを嗅ぐという方法です。

オペラ座の最上階で待っている　三村　一子

武勇伝話だんだん臭くなる　河津寅次郎

ジャングルの蝶カーニバルへと急ぐ　桂　晶月

回想の階段ゆっくりとのぼる　赤松ますみ

感覚に訴える印象吟の課題は「言葉の課題」のような普遍的な意味はなく、人それぞれ受け止め方が違ってくるということは「課題吟との違い」の章で述べています。したがって、課題に対する好き嫌いの感情も作品の内容に影響します。これは絵画や音楽の課題でも同じです。

右の例では、「武勇伝……臭くなる」の作者は、課題の匂いが気に入らなかったのでしょう。

●――味覚を刺激する

味覚に向けた課題では、普段から慣れ親しんでいる味や、「甘い」とか「辛い」という単純な味では発想が広がりにくいのではないか、と気づかされた例があります。

饅頭の甘さに油断してしまう

菓子どころ頂きものはいつも菓子

饅頭もお酒も好きなお父さん

右は、饅頭を食べての印象吟ですが、「饅頭」という「言葉の課題」と変わらない句がたくさん生まれました。舌で感じたことを述べるという作句方法に慣れていないことに加えて、「頭で考える」のと「舌で感じる」ことを明確に区別するのがむつかしいことも原因でしょう。

左は、先ほどの勉強会「ぜりぃびぃんず」の試みで、ベトナム産の「蓮茶」を飲み、「かぼちゃの種」「クコの実」「ゼリービーンズ」を食べながら作句したものです。

不信感さあ出涸らしの茶をどうぞ　柳瀬　孝子
神域に入ったらしい味が無い　久恒　邦子
蓮の葉の裏で見たこと聞いたこと　河村　啓子
眠れない人に貸します腕まくら　合田瑠美子

●――触覚を刺激する

触覚に向けた印象吟はあまり行われていないようです。段取りが面倒なことと、大勢の人が一度に体験できないのが原因ではないかと思います。

「川柳マガジンクラブ奈良句会」（板垣孝志代表世話人）では、その珍しい「触覚に向けた課題」にチャレンジしています。

左に挙げた句の出題方法は「事務用のクリップで手の甲を挟んで」というものです。

柔肌に愛のかたちを刻まれる　佐藤美はる
心地良い感触春の心電図　水津加央里
つままれてみたいと思う好きな人　早泉　早人
こっそりと回復力を試される　清水すみれ

右四句、クリップで手の甲を挟んだという課題を外しても独立して味わえる内容であり、同じ体験から生まれたとは思えないほどバラエティーに富んでいます。

次の作品は、同じ句会で「ピンポン大のゴム風船に少し水を入れて、指先でつまんで振って」というものです。

ママの手と遠い記憶の水枕　下谷　憲子
砂漠ゆくいのちの水を握りしめ　太田のりこ
体温になるまで握っている言葉　居谷真理子
目をとじて私の海を振ってみる　板垣　孝志

日頃は忘れている「触覚」も、刺激を与えることによって発想の契機になることが分かります。

嘱目吟・慶弔吟・連作

No 038

嘱目吟

嘱目吟とは、街や野原を散策して発見したものを詠うことを言います。屋外に限らず、美術館や博覧会などでもいいのですが、参加者が同じ空間で見聞すること、そして、見聞できる範囲内のものを詠うのが嘱目吟の条件です。

この「見聞できる範囲」を課題とすれば、嘱目吟も課題吟の一種ではありますが、「言葉の課題」とは発想や創作方法が異なりますので、課題吟とは項目を分けました。

自分が見たり聞いたりしたことから発想を得るのは自由吟と同じ詠いかたです。にもかかわらず「見聞できる範囲」という制約を設ける意義は何でしょうか?

川柳は、宇宙の果てから海の底まで、そして、自分のこころの中から虫の魂まで、森羅万象を対象とします。無限の材料が存在しているにもかかわらず、初心者は「何を詠ったらよいのか分からない」と頭を抱え、ベテランでも「詠う材料がなくなった」と嘆いている人がいます。

それは、図書館で「いい本はないかな?　何を読もうかな?」と迷っている状況と似ています。対象が多過ぎて何を掴んだらよいのか見当がつかないのです。

図書館で迷ったときは、「旅行記を読もう」とか「ミステリーにしよう」と、対象を絞り込むと簡単に選べます。この「対象を絞り込む」ことが嘱目吟の目的です。

「目に触れる範囲のもの」という空間の制約と、「何時まで」という時間の制約があれば、漠然と見回すのではなく真剣に観察するようになります。

ただ、一つ心がけたいのは、嘱目吟では誰しも視覚に頼りがちですが、聴覚や嗅覚も忘れないことです。視覚で掴んだものは他の人も見つけていることが多いので、同想句になるおそれがあります。聴覚や嗅覚で得たものは一味違ったユニークなものになるでしょう。

嘱目吟を目的として外出することを「吟行」と言います。

年に一度ほど、レクリエーションを兼ねて吟行を催している句会は珍しくありませんが、「点鐘の会」（墨作二郎代表）では、毎月の例会を「散歩会」として各地に足を伸ばし、見聞と観察力を高めています。次の句は、一五七回目の散歩会で、大阪の東梅田にある「お初天神」から「太融寺」あたりを散策したときのものです。

添いとげるつもり　こおろぎ鳴いている　本多　洋子
古井戸の深さを誰も明かさない　松田　俊彦
通りゃんせビルの細道ホテル街　安土　理恵
張りついた影を剥がしている残暑　笠嶋恵美子

捨て猫の耳ひらひらと曽根崎界隈

墨　作二郎

●――慶弔吟

慶弔吟とは、祝意を表す句(本項では祝吟とする)と、弔意を表す句(本項では弔吟とする)のことです。いずれも儀礼的に作られることが多いので、文芸としての価値はあまり期待されていません。かといって、真情のない軽薄な句は先様に失礼です。留意すべきことを、祝吟と弔吟に分けて考えてみましょう。

〔祝吟〕　祝吟でいちばん多いのは、還暦、古稀、喜寿、傘寿、米寿、卒寿、白寿などの「賀の祝い」。そして、結婚式、銀婚、金婚、受賞など諸々の祝いごとが対象です。

まだ米寿能勢妙見のブナ笑う　唐住　実
戦争と平和を生きて米寿かな　小西　明
百歳を過ぎても弥平川柳家　三村　舞
米寿迎える男の鬚のたじろがず　永井　玲子
八十八歳の日本の武士である　天根　夢草

右は、永藤弥平氏の米寿を祝う会で披露された祝吟の一部です。一句目は居住地を、二句目は軍隊経験を、三句目は生き方を、後の二句は風貌を詠っています。

祝吟となると、誰にでも当てはまる句や、決まり文句の「…おめでとう」になりがちですが、右のように、お祝いを述べる相手の特徴などを具体的に述べると、儀礼的ではない真情がこもった句になります。

〔弔吟〕　弔意を伝える弔電は、「ご尊父さまのご逝去を悼み…」などと、ほとんどが遺族に対してのものです。一方、弔吟は故人に対して語りかける形、自分の悲しみや想いを吐露する形になります。この場合も、常套的な言葉は避けけて、故人の個性や具体的な思い出を詠うのが望まれます。

どんぐりの独楽を回している新子　門脇　楓
ふっと息深い時間の中の新子　別所　花梨
ひょっこりと新子先生かえりゃんせ　熱田圭詩朗
ここまでおいで新子の星は高くある　近藤ゆかり
オモシロイ遊びを新子より習う　金築　雨学

右は、時実新子氏の逝去を悼み、生前の面影を偲んで催された大会での句です。それぞれ故人の特徴をとらえようと配慮していることが分かります。このような追悼句も弔吟の範疇に入ります。

●──連　作

連作というのは、一つの主題をさまざまな視点から眺めて、複数の句で表現する形式を言います。分類用語としては、自由吟、課題吟、印象吟、嘱目吟などを使用してきました。統一性を考えると「連作」よりも「連吟」のほうがいいのですが、「連吟」としますと、複数の人が歌い継ぐ「連歌」（講座12に説明あり）

とまぎらわしくなりますので、「連作」としています。
連作は、他者から指示された課題ではなく、主題を決めるのは作者自身ですから自由吟の範疇であり、発表するのは主に同人誌の同人近詠欄などです。

元旦に旅立つ母の天寿かな　松村　華菜
手の指の白さ冷たさ確かな死　〃
ありがとう感謝を込めて死化粧　〃
思い出が溢れて苦し母の部屋　〃
母送り家がいっきに冬になる　〃

右五句は、作者が母を見送ったときの連作です。最初の一句だけなら単なる感慨ですが、最後の「…家がいっきに冬になる」まで連続して読みますと、作者の悲しみが明確に伝わってきてこころを打ちます。
連作では、作者の思い入れが深い事柄が対象になりますので、「うまく作ろう」などという雑念がなく、思ったままを率直に表現できます。それが連作の良いところなのですが、注意しなければならないこともあります。

おはようさんおむつを外す時刻です　高橋はるか
夫の性器清める朝の一仕事　〃
スイッチオンミキサー唸る朝ごはん　〃

軟食献立使い回して旨くする　〃
入浴介助八項目を復唱す　〃
さあお風呂介助ベルトを確かめて　〃
手抜き家事だんだんうまくなる看取り　〃
ギイギイと看護ベッドが泣く夜も　〃
老老介護喧嘩のあとの心地よさ　〃
機嫌よく今日もいて欲し酸素管　〃

右十句、一読しただけで作者が夫を介護している日常を詠ったものだと分かります。経験のない者にも、具体的な描写によって介護の実体が想像できるのは、十句がまとまって発揮している力です。

このように、連作は、五句とか十句をまとめて「一つの作品」として扱い、「一篇の詩」として味わうこともできるのですが、川柳としては、それぞれの句は独立して鑑賞に耐える作品でなければなりません。

一句目、「…おむつを外す時間です」だけでは、「孫のおむつ」と受け止められ、川柳味のない句になります。「スイッチオン…」も単なる報告句であり、「軟食献立」も、この句だけを取り上げると意味が分かりにくいでしょう。

この三つは独立した句としては欠陥があるのですが、前後の句によって意味が推定できます。いわば、十句がスクラムを組んで欠陥を目立たなくしているのです。発表する前に、一句ずつ「前後の句に頼っていないか」「独立して意味が分かるか」を確認するのが肝要です。

右二つの連作の主題は、「母の死」と「夫の介護」であり、肉親の姿とそれにかかわる自分の姿を詠っています。

一方、対象を自分自身に据えて心情を吐露したものもあります。次の作品は、川上三太郎(一八九一〜一九六八年)の「一匹狼・十句」と題した連作です。

われは一匹狼なれば痩身なり
一匹狼友はあれども作らざり
風東南西北より一匹狼を刺し
一匹狼風と闘ひ風を生む
ただ水を一匹狼啖ふのみ
一匹狼あたま撫でられたる日なし
一匹狼欲情ひたに眼がくぼみ
一匹狼酔へど映らぬ影法師
一匹狼樹枯れ草枯れ水も涸れ
一匹狼天に叫んで酒を恋ふ

群れに入らず一匹で行動する狼に我が身を喩え、孤独感を表現しています。孤独を気取っているわけではなく、当時の川柳界において、伝統と詩性の「二刀流」を自認せざるを得なかった状況、双方の良さを承知して独自の道を切り拓こうとした気概が垣間見えます。

三太郎には他に「未完成交響楽・十句」「孤独地蔵・七句」「雨ぞ降る・七句」「せいぢか・八句」「おそれざんぴんく・八句」「鴉・十句」などと題した連作があります。

現代の川柳界は句会や大会が花盛りであり、ほとんどが課題に向かっての作句です。心情を自由に吐露する自由吟の存在が希薄になる中で、テーマを自分で決めて自由に想いを述べる「連作」という表現形式は、もっと見直されるべきであり、チャレンジする価値があります。

V

作句力と選句力——
総合力のアップ

No.039

作句力——即吟と熟考

豊かな土壌を作る

句が生まれる過程はさまざまです。感覚的にフッと浮かんでくるものもあれば、論理的に考えて作り上げるものもあります。生まれ出る形は異なっても、発想の根っこは同じ「作者のこころ」です。「こころ」とはあいまいな言葉ですが、ここでは「あらゆるものを受け止める感性」「あらゆる精神作用のもとになるもの」という意味で使用しています。

作句力とは「優れた句を作り出す力」ですが、この力は、「こころ」と、「作句技術」の総合力になります。次の図式を「こころあっての技術」と記憶してください。

作句力＝こころ＋技術

技術的なことは本講座で考察を重ねてきました。どこで何を取り上げたか、大雑把に分けて記しておきます。

・観察と考察。　講座No.8〜11
・表現を考える。　講座No.17〜24

・リズムを考える。　講座No.12～14
・表記を考える。　講座No.25～28

したがって、本項では、作句力のもう一つの大切な要素である「こころ」について考えていきます。うまい果実を収穫するには豊かな土壌が不可欠であるように、人のこころを打つ優れた発想を生むためには、豊かなこころが必要です。いくら高度な技術を操っても、発想の根っこである「こころ」が貧しければ、他者のこころを打つ作品は生まれません。貧しいこころからは貧しい発想しか生まれないのです。

では、「豊かなこころ」とはどのようなものでしょうか？端的に言えば「何ものにも束縛されない、自由で広々したこころ」です。しかし、これでは捉えどころがありませんので、豊かなこころから生じる姿勢（考え方や生き方）を挙げてみましょう。

- 他人の痛みや哀しみを自分のことのように受け止める。
- 他人の幸せや喜びを自分のことのように喜ぶ。
- 他人の欠点には寛大であり自分の欠点を知っている。
- にんげんに興味を持ち、にんげんが好き。
- 小さなことや片隅の美しいものに感動する。
- 人と人のつながりを貴重に思い大切に守る。

・生きとし生けるものすべての命を大切と思う。
・多様性を認め、異論を排除せず傾聴する。
・自由と平等を尊び、権威主義的な考えを嫌う。
・独創性を尊び、先入観や既成概念を遠ざける。

等など、書き出すとキリがありません。あとは皆さんが思いつくものを加えてください。

このようなことは、川柳作家として当然わきまえていたいものですが、誰しも「私はこの点が弱い」と思うことがあるはずです。「豊かな土壌を作る」ということは、この、「自分の弱さを補強する」ことに他なりません。生まれつきの性格を矯正するのは至難ですが、補強はできます。

こころを補強するには、他の人の豊かなこころを吸収すること、そして、旺盛な好奇心を持って森羅万象の美と、生きとし生ける物の不思議さに接することです。

こころを打つ優れた音楽や絵画は、豊かなこころが生み出したものです。優れた映画は、豊かなこころが集まって作り上げた総合芸術です。このような豊かなこころが作り上げたものに接して、その栄養を吸収します。

もちろん、豊かなこころが表れているのは芸術作品だけではありません。書籍、講演、誠実な仕事、楽しい会話、ボランティア活動など、にんげんの営みのいたるところで見受けられます。そのような豊かなこころを見逃さぬよう、敏感に感じ取り、影響を受けるように努めるのです。

何やら現実離れした理想論のようになりましたが、このポイントは作句技術以上に重要です。要点をまとめておきますので、しっかり肝に銘じてください。

- 作品には作者のこころが正直に表れる。
- こころが貧しければ貧しい発想しか生まれない。
- 自由で広々した発想は豊かなこころから生まれる。
- 自分の弱さは豊かなこころを吸収して補強する。

作句力は句を作る速さではない

作句力と言えば「速く作ること」と勘違いしている人がいますが、句を作るスピードと作句力は無関係です。

作句力とは、「優れた作品を作る力」ですから、短時間で作るのが得意な人は短時間で、長時間かけなければ生み出せない人は長時間かければいいのです。三分で作った句も三時間かかったものも「作品の質」が問われるだけで、創作時間が云々されることはありません。

短時間に集中して作るのが好き、あるいは、長時間かけなければ生み出せない、というのは作者の性格や慣れによるものですから、どちらが良いというものではありません。そして、そのいずれにも長所と短所がありますから、それぞれを分けて検証していきましょう。

なお、自由吟は時間の制約などありませんので、これから出てくる「創作時間」というのは、課題吟に対してのことだと理解してください。

●――即吟の長所と短所

「即吟」とは即座に作ることですが、ここでは、「短時間で作る」という意味で使用しています。

課題に短時間で対応できる人は、集中力と直感力に長けています。集中力によって周囲の状況に影響されず自分の世界に入り込み、直感によって句を掴み取ります。

したがって、「席題」は得意です。また、席題だけではなく、宿題も会場に来てから作句する人がいます。その人たちの集中できる条件は、当日の会場内でしか感じられない「高揚感」や「緊迫感」にあるのでしょう。

この短時間集中型の長所は、作品に「今」の新鮮な想いを込めることができることです。たとえば、朝のニュースや会場への道で目撃した事象を取り入れることができます。頭で捏ね上げた嘘っぽい作品より、臨場感のある実感句が強い力を持っているのは何度も述べている通りです。

ただ、この即吟型にも注意すべきことがあります。それは、短時間で器用にまとめるコツを心得るようになり、技巧は優れているが創造性に欠ける職人(アルチザン)芸に陥ることです。

講座No.34、「なぜ課題を主役にするのか」の中で「課題について観察し考察する習慣によって、ものごとの真実を追究する姿勢が身につくと同時に、広い知識を得ることができる」と述べました。宿題を会場に来てから作句する場合は、このプロセスは期待できません。

あなたが即吟型であっても、事前に辞書を引いて課題のあらましを把握しておけば、観察も考察もより鋭く深いものになり発想の範囲も広がります。

たとえば、「旅」という課題でしたら、まず、「バス旅行」「一人旅」「夫婦旅」「フル・ムーン」「海外旅行」などが思い浮かぶでしょう。しかし、辞書を引いてみますと、「住む土地を離れて、一時他の土地に行くこと。旅行。古くは必ずしも遠い土地に行くことに限らず、住居を離れることをすべて『たび』と言った」となっています。

自分の知識だけなら、前述の範囲から飛躍できませんが、「住居を離れることはすべて旅」という考え方を知ることによって、一段と発想を広げることができます。

辞書や図鑑などの参考書籍を読むことは、大勢の賢人のアドバイスを受けるのと同じです。創作時間の短い席題であっても、辞書を引く程度の余裕はあります。面倒がらずに賢人のアドバイスを受けてください。

熟考の長所と短所

短時間に作句できないことに引け目を感じている人がいるかもしれませんが、気にすることはありません。あの大歌人、齋藤茂吉でさえ「裏庭でウンウン唸りながら苦吟していた」と長男の齋藤茂太が証言しています。

熟考型は筋道を立てて考察しなければ気がすまない性格で、川柳作家に多いタイプです。それは、川柳の出発点である「前句付」の創作が理詰めであったことから、川柳が「知の文芸」と称されていることでも納得できます。

熟考型の長所は、「これだ！」と思える作品が生まれるまで執拗に取り組めることです。課題吟の多くは、たっぷり時間をかけることができる「宿題」ですから、熟考型にはうってつけです。課題を正確に把握するために辞書や参考書を開き、時には課題が見える現場へ足を運ぶなど、こころゆくまで観察と考察を楽しむことができます。

川柳は作品の出来栄えを競い合う遊びではありません。あくまでも自分の想いを表現する文芸であり、どのように表現しようかと苦心している地味な努力の中にこそ、しみじみした喜びがあります。それが創作の醍醐味です。

一方、熟考型の欠点は作品をいじり過ぎることです。推敲は大切な作業ですが、何度も繰り返して触りますと、最初の「勢い」とか「熱」を削いでしまう恐れがあります。「これで良し！」と納得できたものは、そのまま仕舞い込んで、提出直前には表記を再確認する程度にします。

また、熟考型では「大勢の中では集中できないので席題は苦手」という人がたくさんいます。そのような場合は、会場から出て一人で瞑想してもかまいません。

しかし、多くの人が同じ部屋で、同じ課題に向かって静かに考えを巡らせている学究的な雰囲気は、なかなか捨てがたいものです。そのような状況に順応することも大切です。周囲の人を気にせず、課題の世界に入り込むように努力してください。早く投句する人がいても焦らず、納得できる句が生まれるまでじっくり粘るのです。

このように、環境に左右されず執拗に考え抜く力も「作句力」であり、そのスタイルを身に付けますと、周囲の人も邪魔をしないように気遣ってくれるようになります。

選句力――選句と披講

No.040

選句力

選句力とは、「作品の良否を判断する力」です。

初心者の皆さんの中には「まだ選者にはならないので、選句力は関係ない」と思っている人もいるでしょう。しかし、選句力は他人の句を選ぶだけではなく、自分の作品の良し悪しを見極めるときにも必要です。がんばってたくさん作っても、判断を誤りますと、秀作を仕舞い込んで駄作を提出する恐れがあります。

また、少人数の句会では「選をするのも勉強ですから…」と、初心者にも選を依頼することがあります。指名されましたら、遠慮せず素直に受けてください。本項をしっかり理解していましたら、あわてることなく自信を持って対応できます。

作品の良否を判断するモノサシは、

●こころを動かされたか？

これだけです。こころが動くということは、一読して「笑った」「楽しくなった」「しんみりした」「哀しくなった」「考えさせられた」「共感した」などの感情が生じることです。このように感動させられた句は間違いなく良い作品です。何も感じなかったものは駄作です。

「こころを動かされたか？」だけとは単純すぎるとも思えますが、いろいろな基準を持たせた複雑なモノサシでは、短時間でたくさんの句を峻別できません。

ただし、この単純なモノサシには二つの力が備わっていなければなりません。「良くない句を見破る力（理性）」と「良い句に感動する力（感性）」です。

では、この二つの力について考えていきましょう。

〔良くない句を見破る力〕

良くない句には必ず欠点があります。その欠点によって陳腐な作品になり、読者は感動しないのです。

その欠点を箇条書きにします。

①みんなが言っていることである。
②あたりまえのことである。
③格言くさい。
④安易な言い回しである。
⑤自慢になっている。
⑥いい子ぶっている。
⑦一般論である。
⑧つくりごと(嘘)である。
⑨表記が間違っている。

右の、①~⑧は講座No.15とNo.16の「つまらない句」で取り上げました。⑨は講座No.24の「表記を考える」で検証済みです。必要に応じて読み直してください。

右に挙げた欠点は、モノサシの論理的な根拠になります。しっかり把握して常に認識していると、どのような作品でも、一読した瞬間に欠点を見破ることができます。

〔良い句に感動する力〕

先ほどの「良くない句を見破る力」だけでは、モノサシとして不十分です。欠点がないだけでは良い句になりません。欠点がなく「こころを動かす句」が良い句です。

しかし、感性は人それぞれ違いますので、「どのようなことに感動するか」は、箇条書きにできません。複数の選者による共選の結果がバラバラなのは、選者によって感動するものが異なる何よりの証拠です。

では、「良い句に感動する力」はどのようにして養えばいいのでしょうか。

まず、前項の「豊かな土壌を作る」で検証したことを実践し、こころを豊かにして感受性を高めます。その上で、良質の作品に接することです。優れた作家の句集でもいいのですが、勉強になるのは大会の発表誌です。特に、あなたが目標としている作家が選をした大会には、できるだけ出席して発表誌を得ます。出席できないときは投句をして手に入れます。投句を受け付けていなければ、事務局に実費を払って依頼すれば送ってくれます。

ただし、先ほど述べたように、何に感動するかは人によって異なります。いくら優れた作家の選でも、無条件で受け入れず、自分が感動した句に◎、何も感じなかったら×など、自分のモノサシでチェックします。このような努力をコツコツと続けているうちに、あなた独自の川柳観が身に付き、良い句に感動する力が養われてきます。

先ほどの「良くない句を見破る力」は論理的な分析力であり、この「良い句に感動する力」は感受能力です。多くの人から信頼される選をするためには、この二つの力が備わるよう、精進を重ねなければなりません。

●――選句の心得

少人数の句会も大勢が参加する大会も、選句方法は同じです。基本的に心得ておくべきことを述べます。それぞれ重要なことですから覚えておいてください。

まず、選者室の私語は厳禁です。そして、選に入る前に「選句時間」「入選句数」「順位付け」「披講は二度読みか、一度読みか」を確認しておきます。このようなことは、あらかじめ主催者から文書や口頭で説明があるのが当然ですが、なければ訊ねて間違いのないようにします。

句箋が届けられたらすぐに選考に入ります。

①入選か没かを即座に判断する。

一句を読み下すのに十秒もかかりません。読み下しながら即座に良否を判断します。見極めるモノサシは「選句力」で述べている通りです。「感動した句は入選」「何も感じなかった句は没」として、入選の山と没の山に分けます。

入選句数が決められているときは、「はてな?」と判断に迷った句を、別の山に積み上げます。ときどき、トランプのようにずらりと句箋を並べ、読み比べている光景を見ますが、参加者が多い大会では不可能です。決してそのような癖をつけてはいけません。

②入選句を順位付けする。

入選の山から優れた句をピックアップします。このときも机に並べず、一句ずつ再読しながら、特に優れていると判断したものを抜き取ります。十句前後にまで絞り込んでからは机に並べても構いません。そこから、三才五客や秀吟など、主催者の指定通りに順位付けを行います。

この上位の句の順位付けは特に慎重を要します。「感動の強さの順」が妥当ですが、明確な差がない場合は、「独創性」「構成力」「リズム感」などを比べて判断します。この判断には許される限りの時間をかけてください。

蛇足ですが、筆跡などで「誰の作品か?」などと推測してはいけません。邪念が入ると判断を誤ります。

続いて、平抜きの良いものから、先ほど選んだ秀吟の上に重ねて行きます。これで終了です。

入選句数の指定がある場合は、まず「入選の山」だけで数を揃えます。そして、足りないときは「はてな?」と迷った句を再読して補充します。

③披講の準備をする。

入選句を再読しながら、一呼吸置くところに鉛筆でチェックを入れておきます。この段取りをしておくと、壇上でとちることなくスムーズに披講できます。

●――披講の心得

いよいよ披講です。前に出るといささか緊張しますが、深呼吸すると落ち着きます。

披講で心得るべきことは次の通りです。

①挨拶は簡潔に。

参加者は披講を心待ちにしていて、挨拶などには期待していません。また、「気の利いた挨拶を」などと考えると余計に緊張しますから簡潔にすませます。

「良い句を見落としていたらお許しください」とか、「私の好きな句を選びました」とか「平抜きは順不同です」など、自己弁護のような言葉は不要です。また、「大きな声で呼名してください！」という要望も不要です。それをアピールするのは主催者の役目です。

②披講中のコメントは不要。

披講中に、「この句はおもしろいです」とか、「まったく同感です」などのコメントは不要です。それは、聞いている人が感じることで、選者が解説すると興ざめです。

③明瞭に読み上げる。

声が良く通るように、口とマイクの間隔に注意します。

マイクを使用しない小部屋でも、小声では後ろの席まで聞こえません。遠慮せず大きな声で読み上げましょう。

上五中七までは明瞭でも、下五が聞こえにくい披講が多々あります。締めくくりでトーンを落とさないように、最後までしっかり読み上げてください。

です。

④服装は礼に適ったものを。

ラフ過ぎる格好では主催者や参加者に失礼です。男性はジャケットにネクタイ着用。女性もそれなりに、礼に適った服装で臨むべきです。もちろん、当日いきなり選を依頼された場合はそのままで結構です。

●忸怩たる思いを大切に

誰しも、披講が終わったあと、ホッとすると同時に「この選で良かったか?」と、忸怩たる思いが残るものです。他人の労作を自分の判断で取捨したのですから、そのような感情にとらわれるのは当然のことです。

その「忸怩たる思い」を大切にしてください。決して自分の選に満足してはいけません。自己満足は傲慢につながります。「ベストの選をしたか?」という自省こそ、向上する原動力であり、そこから「次はもっと良い選をしよう」という覚悟が生まれてきます。

あなたが将来、どれほど高い評価を受けるようになっても、「常に謙虚であること」そして、「現状に満足せず、挑戦者であること」を忘れてはいけません。ポーズではなく心底からそのように思っている限り、作句力も選句力も衰えることなく、向上を続けることができます。

スランプ、トラブル

No.041

スランプ

鉛筆と紙だけあれば誰にでもできる、と簡単に始めた川柳も、進めば進むほど奥が深く、知れば知るほど学ぶべきことがたくさんあることが分かってきます。奥が深いからこそ遣り甲斐があるのですが、長い道中では「どうすればいいのだろう?」と思い悩むことがあるでしょう。

本項では、そのような状態に陥ったときの対応を考えていきます。まだ経験がない人はサラリと目を通すだけで結構です。そして、将来、悩むことが生じましたら、もう一度読み直して参考にしてください。

川柳を始めてから何年ぐらいまでを初心者というのか、定義などはありませんが、私は「スランプを感じたときが、初心者卒業のとき」と思っています。逆に言えば「スランプを感じない間はまだ初心者」ということです。

作句上のスランプは、「句ができなくなった」とか「川柳の種が尽きた」あるいは、「意欲がなくなった」というような心理状態が続くことで、中級者やベテランにはたまにありますが、初心者にはありません。

なぜならば、初心者にはすべてが新鮮な川柳の素材であり、作句に一所懸命ですから、そのようなことを意識する余裕もないのです。夢中な時期を経て、少し句の良し悪しの判断がついてきたときにスランプに陥ります。すなわち「スランプは選句力が備わってきた証拠」です。

選句力がつくとスランプに陥るのは、頭の中に浮かんでくるアイディアを「この素材は古い」とか「これでは平凡だ」と次々と打ち消しているのです。句が出来なくなったのではありません。作句力は衰えていないのですが、選句力がついたために、作品に対するハードルが厳しくなって、「無意識に自分で没にしている」ということです。

試みに、川柳を始めた頃の作句ノートを見てください。何のためらいもなく嬉々として提出していた句が、とても幼く見えるでしょう。その頃から比べると作品の良否を判断する力が格段についていることが分かります。

重ねて言いますが、句ができなくなったのは、能力が落ちたのでなく、自作に対するハードルが上がったのです。そして、高くなったハードルの前で逡巡している状態をスランプと呼んでいるのです。誰もが、このようなステップを繰り返しながらだんだん上達していきます。

したがって、スランプで悩むことはありません。「実力がついてきたのだ」「このスランプを抜け出すとワンステップ上達するのだ」と前向きに受け止めてください。

ただ、スランプの真っ只中にいる人には、このような精神論は役に立たないかもしれませんので、具体的にどのように対応したら良いのか、考えていきましょう。

①休んで気分転換をする。

②　基本に戻る。
③　創作の楽しさを思い出す。
①スランプの原因は、先ほど述べた「能力が上がった」のがいちばん大きな原因ではありますが、他にも「川柳モードに疲れた」ということもあります。
疲れたときは休養するのがいちばんです。しばらく川柳から離れて、読書や映画、音楽鑑賞や美術鑑賞、運動や旅行などを楽しむのもいいでしょう。このときに肝心なのは、川柳の参考になどとは考えないことです。五・七・五はすっかり忘れて純粋に楽しみリフレッシュします。
②スランプのもう一つの原因は、「作句方法についての迷い」が生じていることがあります。これも実力がワンステップ上がった証拠です。この場合は逃げずに考え抜くことです。考え抜き悩み抜いても活路が見つからないときは、基本に戻るのがベストです。この講座の№1から読み直してください。そして、羅針盤を再確認してください。出発した頃の情熱を取り戻すことができるでしょう。
③ただ単に「川柳や川柳界が嫌になった」というような状態もあります。その原因の一つが「句会や大会での成績がふるわなくなった…」というものです。この場合も基本の一つ「文芸は他者との競争ではない」ことを再認識してください。そして、創作の楽しさを思い出すのです。
講座№39で「どのように表現しようかと苦心している地味な努力の中にこそ、しみじみした喜びがあります。それが創作の醍醐味です」と述べています。創作の楽しみや喜びを感じたことがある人はそれ

を思い出してください。まだ感じたことがない人は会得してください。

また、もう一つの原因として人間関係の煩わしさがあります。そのことについては次に取り上げます。

トラブル

創作は誰にも煩わされぬ個人的な活動ですが、句会などの発表の場では他者との接触が避けられず、さまざまな摩擦が生じます。ここでは、川柳に取り組んでいる上で起こりやすいトラブルや悩みごとについて考えてみます。

①二重投句を指摘された。
②発表した句と酷似した句があると指摘された。
③気の合わない人がいて川柳まで嫌になった。
④先生の指導と自分の考えが合わない。

①句会や大会への投句も、同人誌へ発表する句も「未発表句」が原則です。同じ句をあちこちに出している人が稀にいますが、ルール違反ですので注意してください。
地域句会で発表した句を同人誌に出す人もいますが、慎重に対処してください。地域句会であっても一応は誰かの選を受けているのですから、同じ句を主幹などが選をする欄に出すのは遠慮すべきです。

誰の選も受けない自選欄なら許容範囲かもしれませんが、貴重な発表の場ですから、旧作ではなく、新鮮な句を出したいものです。

二重投句になるのは、投句先が多すぎて作句が間に合わないからでしょう。自分の力に合わせて絞るべきです。

もう一つの原因はうっかりミスです。作句ノートの整理は大切な作業です。投句した作品には、「いつ、どこへ出したか」を記しておきます。そして、入選した句は作句ノートとは別に、「既発表句控え」として記録しておきます。

句会や大会で入選しなかった句、いわゆる「没句」は未発表句ですから、どこへ出してもかまいません。また、私的な勉強会で生まれた句で、公に発表していないものも、どこへ出してもかまいません。

②わずか十七音で表現する短詩文芸の宿命ともいうべきもので、いずれあなたも遭遇するでしょう。

このような場合は、まず、どちらが先に発表したのか調査します。双方の句の発表時期が確認できましたら、後から発表した人が、その句を取り消すのが原則です。

同人誌に発表した句なら、その同人誌の事務局に事情を説明して取り消し記事を掲載してもらいます。句会や大会で入選した句であれば、発表誌が印刷されるまでに削除依頼するのがベストですが、間に合わなければ、主催した結社の会報に取り消し記事を載せてもらいます。

また、他の人の酷似句を見つけても、いたずらに騒ぎ立ててはいけません。酷似句はあくまでも「偶然の一致」、すなわち「暗合」と受け止めるのが良識ある姿勢です。盗作などと邪推するのは厳に慎まなければなりません。

あなたが酷似句を発見したときは、先に発表されている句の出典を明らかにしたもの（発表誌のコピーなど）を添付して作者に連絡します。作者の住所が不明のときは、酷似句が掲載されている発表誌の編集部へ連絡します。いずれの場合も、失礼にならぬよう「偶然の一致と思いますが」と丁重に申し入れるのが肝要です。

③川柳作家は円満な人ばかり、と言うと手前味噌になりますが、デリケートな感情を汲めないと優れた作品は生まれませんので、あながち的外れでもありません。

しかし、人格者の集まりであっても、性格や考え方はそれぞれ違いますから、時には感情の行き違いから気まずい関係になることもあるでしょう。また、気難しくて打ち解けにくい人も稀にいます。

いずれの場合も、放っておくと溝が深まるばかりですから、こちらから軽く挨拶をして、天候のことなどから少しずつ話しかけるようにします。気難しく見える人の多くは内向的でシャイなだけです。あなたからこころを開けば、相手も徐々に打ち解けてきます。人と人の繋がりには、お互いに少しずつの努力が必要です。

④川柳に対する考え方は、人それぞれ異なります。これまでにも「芸術や文芸に絶対に正しい指針などはない」と述べています（講座№２）。絶対がないからこそ、より良いものを求めて創作に励むことが出来るのです。

川柳観や価値観が異なることによって互いに刺激を受け、作品の質が向上します。したがって、あまり深刻に考えず、自分の考えを率直に主張し、先生の意見は「そのような考え方もある」と認めてください。

問題は、先生があなたの主張をどのように受け止めるかです。やはり「そのような考え方もある」と認めてくれる度量がある人なら、先輩と後輩の立場ではありますが、好敵手として刺激し合うことができます。

しかし、稀には、自説に固執し他者の意見に耳を貸さない狭量な人もいます。そのような場合は、残念ですがその人と距離を置くべきでしょう。多様性を認めない指導者の下では自由でのびのびとした創作はできません。

先輩も後輩も創作の上では平等です。そして、何事においても、後輩が先輩を追い越さなければ停滞したままであり、より優れたものへと発展しません。

あなたもいずれ指導的立場になるでしょうが、決して、「自分の考えが絶対に正しい」などと自惚れてはいけません。保身のために後輩を縛ってはいけません。文芸の多様性を理解し異論を認め、「自分を追い越せ」「自由に羽ばたけ」と後輩の背中を押してやる心の広い指導者になってください。

No.042

句会に出る——川柳会や結社に入る

句会に出る

句会と大会は規模が違うだけで、内容はほとんど同じですので、本項では総称して「句会」とします。川柳に取り組む人が増えるにつれて、各地に続々と川柳会が誕生しています。今や、市町村という行政単位ごとにあるようにも思えます。そして、その川柳会ごとに句会を開催しています。ほとんどが月に一度の月例句会ですが、隔月に開いている会もあります。

句会に出席するきっかけは、友人や知人から誘われるケースが多いようですが、ツテがない場合や近くの川柳会が分からないときは、(社)全日本川柳協会(以後、日川協と略す・連絡先は本章の末尾に記す※)の事務局か、川柳マガジンの編集部に問い合わせてください。

ただ、出席したいと思っても、内気で人見知りする人はなかなか決断がつかないでしょう。私も同じタイプですからよく分かります。しかし、緊張するのは最初だけです。半年も通えば「常連さん」で、休むと「○○さん、どうされたのかな」と気遣ってくれるまでになります。勇気を出して参加してください。必ず新しい世界が開けます。

すでに何度も出席している人は承知のことですが、これから向かう人のために基本的なことだけ記します。

句会の心得

〔筆記用具及び辞書〕

句箋に書き込む筆記用具は自由ですが、書き直しができる鉛筆がお勧めです。それも、4B~6Bぐらいの太くて濃いものがいいでしょう。そして、楷書でハッキリ書いてください。達筆でも草書体はダメです。選者は短時間で多数の句に目を通しますので、読みにくい文字がいちばんいけません。辞書は必ず携帯して、疑問に思った字や送り仮名などはこまめに確認する習慣をつけてください。

〔披講を聞く・呼名をする〕

披講に先立って講演がある場合は、できるだけ聴くようにします。多くは川柳に関係のある話ですから勉強になります。つまらない話なら眠ればいいのです。

披講中は私語厳禁です。聞こえないと思っているのか、隣席の人にささやきかけている人がいますが、静かな会場では蚊の羽音より不愉快に響きます。

選者の披講と呼名の順序は次の通りです。

▽二度読み中呼名の場合

選者読み上げ↓作者呼名↓選者再読↓脇取り呼名復唱

▽一度読みの場合

選者読み上げ↓作者呼名↓脇取り呼名復唱

脇取りは文台《ぶんだい》とも言い、選者のかたわらで呼名の復唱や句箋への作者名記入などをします。

句会で重要なのは披講のリズムです。作者の呼名がないとリズムが狂ってしまいます。呼名しても、小さな声では選者にも脇取りにも聞こえません。自分の句が読み上げられたら間髪をいれず大きな声で呼名してください。大会は参加者全員で構成しているのですから、会場を盛り上げるように協力してください。

文芸と競吟の矛盾

文芸は自らの想いを表明するものであり、他者と優劣を競うことは本質から外れています。しかしながら、川柳は多数の人が参加する「競吟」という形で発展し、その形式は現在も続いています。すなわち、句会は「文芸作品を競吟という形で発表する」という矛盾を持っています。そして、皆さんそれぞれが、その矛盾とどのように折り合いをつけるのかが、句会に対する姿勢になってきます。

多くの人は、この矛盾を感じながらも「ずっと続いてきた伝統的な方式だから…」と、半ば許容し半ばは諦めて参加しているのが実情でしょう。また、主催者側も、受け継がれてきた形式を守ることが伝統を守ることだと認識し、改革を怠ってきたのは否めません。

ただ、このような現状の中でも、もう少し良い方法はないかと試行している川柳会もあります。たとえば、

- 入選句数を指定せず、選者が良いと判断した句はすべて入選とする。
- 複数の選者が同じ句を選考する、いわゆる「共選」方式にする。
- 右二つを組み合わせたもの。すなわち、複数の選者による共選で、それぞれの入選句数は指定しない。

などです。いずれも完璧な方法とは言えませんが、少なくとも、従来からの「入選句数指定・単独選」よりも、文芸作品を選考する方法としては理に適っています。

参加するみなさんも「このようにしてはどうか」という提案がありましたら、遠慮せず主催者に申し入れてください。参加者と主催者が互いに知恵を絞れば、少しずつでも、より理想的な句会になっていくでしょう。

全没に対する心がまえ

句会に出席していると、時には一句も抜けないことがあります。いわゆる「全没」です。すでに何度も経験している人もいるでしょう。もちろん、私もあります。

一句しか抜けなかったことも全没も、成績としては大差ありません。にもかかわらず、「心がまえ」を取り上げるのは、受けるダメージがまったく違うからです。

一句だけなら「一句でも抜けた」と救われますが、全没はまるで全人格を否定されたような気分になります。

では、全没になった場合、どのように心を整理したら良いのでしょうか。まず「文芸は他者と競い合うものではない」という基本を思い出してください。それから、「天から授けられた良い試練だ」と前向きに受け止めるのです。私の経験では、不本意な成績の次は好成績、ということがよくあります。刺激を受けて頑張るからでしょう。

また、没になった句を捨ててはいけません。

全没の句を大切に持ち帰る

撰　喜子

苦労して作った句は自分の子どもと同じです。他人から「ダメ」と言われても簡単に諦めてはいけません。持ち帰って冷静に見直します。おそらく大半の句は「没でもしかたがない」と感じるでしょう。それは捨て去ります。

しかし、中には「なぜこの句が没だ！」と思うのもあるはずです。そのように自信のある句は再チャレンジします。ただし、三度チャレンジして三人の選者からも見放された句は、ただ単に「親の欲目」で秀作に見えているだけです。いさぎよく諦めましょう。

川柳会に入る・結社の同人になる

月例句会などに出席していると、そのうちに、主催者側から「会員になりませんか」と打診されるでしょう。差し支えがなければ入会してください。

川柳会の会員になるということは、会の運営に協力し、月例句会の仕事などを受け持つということです。会員になればそれなりの義務や責任が生じますが、仲間と協力して仕事をすることには大きな意義があります。

何事にも飽きっぽい私が、川柳だけは投げ出さず継続しているのは、川柳そのものの奥深さもさることながら、励まし合って歩み続けてくれる仲間のおかげです。

川柳結社（以後、結社と略す）とは、簡単に言えば川柳会より規模が大きいものです。その規模も、全国的に展開している大結社もあれば、川柳会より少し大きい程度のものもあります。また、百年以上の歴史を誇る結社もあれば、設立して間もない結社もあります。

川柳会の代表は「会長」ですが、結社では「主幹」あるいは「主宰」と称しています。また会員も「同人」と称しています（会員制の結社もあります）。

半世紀ほど前には、結社を率いる主幹の強烈な個性と作風の影響で、同人の作品も結社独特の「〇〇調」と呼ばれたものがありました。しかし、近年は、どこの結社の作風も大きな差はなくなってきました。

それは、カリスマ的な指導者が減ってきたことも一因ですが、それ以上に、他社同人との交流の場が増えたことが最大の要因です。句会や大会などで発表された作品は、即座に出席者に伝わり影響を及ぼします。情報量の増大が結社間の壁を取り払ったのです。ということは、どこの結社に所属しても大差ないということです。

結社の同人になるには、おおむね次のような手順を踏んで行くことになります。

- 結社発行の同人誌を購読して誌友になる。
- 誌友欄に投句する。
- ある程度の力を認められて同人の推薦を受ける。
- 推薦を受諾し、同人費を納めて同人になる。

誌友欄に投句してから同人の推薦を受けるまでの期間は結社によって異なります。「一年間に何句以上入選」と明確なハードル設けているところもあります。が、どこの結社も安定的な運営のために幅広く人材を求めていますので、同人になるのは難しいことではありません。

結社を推薦してくれる友人や知人がいなければ自分で選んでください。選ぶ目安は「所属している人材と発行している同人誌」です。川柳年鑑などには主な川柳作家の略歴と所属結社が載っています。年鑑は日川協や新葉館出版が出していますので参考にしてください。

同人誌は、見本を無料で送ってくれる結社もありますが、実費を払えばどこの結社でも送ってくれます。それほど高価なものではありませんので、数誌を取り寄せて読み比べると良いでしょう。掲載されている作品群が、結社を選ぶ一つの指針になります。

結社の課題

一昔前までは、全国的な規模を誇る大結社の同人は、ステータスのような意識がありました。しかし、最近は、大結社に憧れない人が増えてきました。いや、大結社の存在そのものを知らない人や、知ってはいるが無関心な人もたくさんいます。特に、サラリーマン川柳や企業の公募川柳などから川柳に取り組むようになった若い人たちにその傾向が顕著です。これは、今までには考えられなかった状況で、現代川柳界の潮流が大きく変わりつつあるように思えます。

その理由としては、ネット句会などで全国的に川柳仲間が広がっているために、大結社の同人になる必要はないこと。また、マスコミ柳壇や公募川柳、川柳マガジンの投句欄などで充分に楽しめること。そして、自分たちで設立した勉強会や川柳会で自由に発表できること。など等、ではないかと推定します。

川柳界もご多聞に洩れず高齢化が心配されていますが、それは大結社や地域川柳会の内部事情であり、ネット句会や公募川柳、マスコミ柳壇などには若い世代がたくさん集まっています。

この新しい世代とどのようにコンタクトするか、ネット句会や公募川柳で活躍している若者をどのように取り込むかが、結社にとってこれからの大きな課題です。

老舗の看板だけを有り難がっている時代は確実に去りつつあります。新しい潮流を遠くから冷ややかに眺めているだけでは結社の発展は望めません。

前述のことは結社の課題ですが、ネット世代の皆さんも、大結社の実体を知らずに敬遠するのではなく、多くの優れた作家を育んできた土壌、脈々と受け継いでいる歴史など、その良さも理解してほしいものです。

※(社)全日本川柳協会　〒五三〇-〇〇四一　大阪市北区天神橋二北一-十一　ステップイン南森町九〇五号
電話 〇六-六三五二-二二一〇　ＦＡＸ 〇六-六三五二-二四三三

No.043

用語を考える

批評用語を気にし過ぎないこと

どの業界にも、関係者しか理解できない専門用語があります。川柳界でも一般的な意味から離れて使用している言葉があります。本項では、これまでの講座で説明する機会のなかった専門用語について考えていきます。

また、取り上げている用語は、ほとんどが「批評用語」ですから、句を作るときに意識する必要はありません。川柳の基本的姿勢は「思ったことを率直に述べる」ことですので、その段階から出来栄えや他者からの批評を気にしていては、のびのびとした創作は出来ません。

あなたの句が批評を受けたときに、指摘された内容が理解できるように、あるいは、あなたが他者の句を批評する立場になった場合に、的確に表現するために参考にしてください。

【当て込み】

選者の好みに合わせた句を作って入選を狙うこと。たとえば、選者が詩的な句を好んでいる場合、無理にでも詩的な句を作り上げて入選を狙うことをいいます。

このような行為は、私たちが川柳に取り組んでいる目標「今の自分の姿、今の自分の想いを表明する」ことから離れますので厳に慎むべきです。そのような「入選だけを目指したあざとい句」は、たとえ入選しても虚しいだけであり、自分の句集に載せることもできません。

また、選句力のある選者は、自分に迎合していることを敏感に感じ取りますから、簡単には乗せられません。当て込むことは選者の力量を侮っていることにもなります。そのような意味からも慎むべきです。

【動く句】

一句を構成している言葉の取り合わせについて、他の言葉と置き換えても成り立つことをいいます。

たとえば、

それぞれの暮らし持ち寄る春句会

暮らしの感慨を詠うのは「春句会」に限ったことではなく、春夏秋冬いつの句会でも同じです。したがって、この「春句会」を「夏句会」「秋句会」「冬句会」に置き換えても句は成り立ちます。「春句会」である必然性はありませんので、この句は「動く句」となります。

ただ、冒頭でも述べましたように、作句段階では「動くか、動かないか」などをあまり気にせず、そのときの実感を率直に述べるようにしてください。自分で認識できずに、発表してから指摘されても恥ずかしいことではありません。指摘されてから「なぜ？　どこが動くか？」を確認して、次から気をつければ良いのです。

【折り句】

折り句というのは課題吟の一種です。出題された「ひらがな三文字」を五・七・五の頭に使用して作句することです。たとえば、「つばさ」という課題での入選作では、

妻というバラが一輪咲いている　遠山　唯教
つつましい晩年送る再生紙　伏見　雅明
束の間のバカンスでした珊瑚礁　榎本日の出

右の例でも分かるように、参加者全員が同じ課題に向かって作句していながら、作品の内容に共通性

がない、というのが「折り句」のおもしろいところです。
しかし、ただ単に課題の三文字だけをくっつけて、こころにもないことを言うだけなら言葉遊びになってしまいます。折り句の場合も、「今の自分の姿、今の想いを詠う」という羅針盤を忘れないようにしてください。

【楽屋句・楽屋落ち】

関係者しか分からない内輪の話を「楽屋話」と言いますが、そこから派生して、内情を知らない人には面白味が分からない句のことを楽屋句と言います。たとえば、

タケちゃんの芸が楽しい慰労会

このタケちゃんは、作者の仲間内では人気者なのでしょうが、グループ以外の人にはどのような人物なのか、どのような芸をするのか見当もつきません。また「慰労会」といっても「何を慰労する会」なのかも分かりません。このように、内輪の人にしか伝わらない句は良くない句ですから注意してください。

【瑣末主義】（トリビアリズム）

瑣末主義とは、ものごとの本質をとらえようとせず、些細な事柄にこだわる態度のことで、トリビアリズムとも言います。
これも批評用語で、川柳作品に対しては「瑣末主義に陥って、重箱の隅ばかりつついている」など、ほとんどが否定的な意味で使用されています。

しかし、わずか十七音の文芸で、ものごとの本質をとらえることには無理があります。また、川柳という文芸そのものが、にんげんの暮らしの断片、日常の些事を掬い上げて、そこからにんげんの本質を突こうという姿勢ですから、瑣末なことにこだわるのは当然のことです。

したがって、この用語も、作句に際してはまったく気にする必要はありません。指摘されても理解できない場合は、勇気を出して「どこがダメなのか?　なぜダメなのか?」と説明を受けるようにしてください。そして、その意見を参考にして、自分で考え、自分で是非を見極めなければなりません。その時点で納得できなくても、真剣に考えるだけで川柳に対する洞察力が深くなっていきます。

【し止め】

「〇〇する」という動詞の連用形「〇〇し」を、下五に据えることを「し止め」と言います。たとえば、「退職する」を「退職し」として下五に据えることです。ただし、「する」の連用形ではないもの、たとえば、「出す→出し」「貸す→貸し」などは「し止め」とは言いません。

右の考え方による「し止め」は好ましくないので避けるべきだという見解が定着しています。

しかし、好ましくない理由は、「表現の形が古い」ことに加えて、「他人事を無責任に言っている」印象を受けることが主な理由ですから、文法的な定義よりも、すべての連用止めに注意することが肝要です。

たとえば、

夏逃げた日向を冬は追い回し

可愛子を叩いてにくい蚊をころし

右は、誹風柳多留に収められている句ですが、いずれも他人の行動を客観的に詠っている形になっています。

一方、現代川柳は自分を詠う主観句が主流になっていますので、このような連用止めの詠い方には違和感があります。それぞれを終止形にしますと、

夏逃げた日向を冬は追い回す
可愛子を叩いてにくい蚊をころす

これで作者自身の行動を述べた形になります。

ただし、先ほどの連用止めも、作者の好みの問題ですから、絶対に駄目というものではありません。このことについては、講座№21の「下五の止め方を考える」で述べていますので、再読してください。

【多読多作】

皆さんも、上達する秘訣として「多読多作」という言葉を聞いたことがあるでしょう。要するに「たくさん読んで、たくさん作れ」ということです。

しかし、漠然と読んでいても何も身につきません。目的も持たず作っても良い作品は生まれません。

この「多読多作」をもっと深く考えて、

・多読＝良い作品を厳しくチェックしながら読む

・多作＝納得できる作品が出来るまで執拗に作る

と、理解してください。このことについては講座No.39の「作句力」と講座No.40の「選句力」で述べています。すなわち、良い作品を厳しくチェックしながら読むことによって「選句力」がつき、納得できる作品を得るまで執拗に作ることによって「作句力」がついてきます。

【成り切り】

「成り切り」とは、自分ではない人物に成り切って詠う方法です。講座No.17で述べた例をおさらいしますと、

午前二時男だました紅を拭く

右の作者は女性、と誰しも思うでしょう。しかし、作者は男性です。男性なのに「女性に成り切って」詠っているのです。このようなことを「成り切り」といいます。

ただ、作者は「成り切ったのではない。そのような女性を客観的に詠っただけ」と弁解したいかもしれません。しかし、現代川柳は自分を詠うことが主流になっていますから、右のように主語のない句は、作者自身のことだと解釈されて、結果的に「成り切り」になってしまうのです。

古川柳では、客観性を重んじて詠っていましたから、主観を述べる形の「成り切り」というものはありません。

一方、現代川柳では主観を述べることが主流ですから、その主観を述べる形で他者のこと詠うために

「成り切り」という事態が生じるのです。いわば、古川柳の客観性と現代川柳の主観性との誤った混合体が「成り切り」です。はなはだ感心しない詠い方ですから避けてください。

しかし、「成り切り」を許容する人は驚くほど多く、ベテランでさえ平気で「他人に成り切って」いるのが現状です。そのことを承知した上で、敢えて反対します。

本講座の基本姿勢は「文芸に絶対的な指針などはない」であり、しばしば「皆さん自身で考えて結論を出してください」と述べています。しかし、この「成り切り」については許容しがたいのです。その最大の理由は、「今の自分の姿、今の自分の想いを表明する」という羅針盤から大きく外れていることです。

他人に成り切る気などはなく、客観的に詠ったつもりが、結果的に「成り切り」という形になったとしても、他人の心情を推定して詠うのは僭越きわまることです。

「成り切り」になってしまうのは、

・明確な目標を持たずに川柳をやっている

・自分を詠う形と他人を詠う形の区別がつかない

この二つが原因です。

「何のために川柳をするのか」という目標については、講座No.1で詳しく述べています。また、「自分を詠う形」「他人を詠う形」については、講座No.17で詳しく検証しています。この講座No.17は特に重要なポイントですので、納得できるまで何度も読み直してください。

なお、テレビ番組などで「成り切り川柳」というコーナーがありますが、そのような企画まで否定するのではありません。なぜならば、最初から「成り切り川柳」と表明しているのは、文芸としての川柳とは一線を画していることを明確に示しているからです。そのことさえ認識していれば、頭の体操や娯楽として楽しむことができます。

【深読み】

「深読み」を辞書で引きますと「他人の言動・表現を本人の意図しないところまで深く汲み取ろうとすること」となっています。川柳界で批評用語として使用される場合もまったく同じです。すなわち、作品内容を作者の想いを超えて考えてしまうことであり、多くの場合「深読みし過ぎ」と否定的に使用されます。たとえば、

嵐の夜とうとう家を出たバケツ　濱山　哲也

右の句は、強風に吹き飛ばされてどこかへ行ってしまったバケツを詠っています。この句がおもしろいのは、「今まで我慢していたバケツが、嵐の夜にとうとう家出した」と、バケツを擬人化して表現したところにあります。

ところが、「にんげんをバケツに喩えている」と考える人もいます。すなわち「我慢していた妻が、嵐の夜に出て行った」あるいは「我慢していた娘が家出した」という「読み」です。

たしかに、読者の立場としては、作句動機などを気にせず、さまざまなドラマを想定するのは自由で

す。発表された作品は、作者の手元を離れて一人歩きしますので、どのような解釈をされても、作者として弁解できません。

しかし、「深読み」はどこかに無理があります。右の例で言えば「バケツ」を「妻」や「娘」の比喩だと捉えるのは、強引で無理があります。素直に「バケツそのもの」と受け止めることによって「とうとう家を出た」という擬人化のおもしろさが生きてきます。

ちなみに、作者に確認したところ「バケツそのものを詠っただけです」ということでした。

【本歌取り】

有名な句の表現を真似て異なることを言った句。いわば「パロディー」です。たとえば、

物いへば唇寒し秋の風　松尾　芭蕉

もの言えば口びる寒し前歯かけ　柳多留

このような詠い方は、いわば「言葉遊び」であり、独創性が何よりも重要な文芸とは相容れません。パロディーが好きな人は作ってみたいと思うかもしれませんが、あくまで「遊び」と割り切ってください。

No.044

講座終了にあたって

本項をもちましてこの講座は終了です。長いあいだ熱心に読んでいただきましてありがとうございました。

皆さんにお伝えしたいことをまとめるということは、私自身の考え方を振り返り、先人の足跡を整理し取捨するという作業の連続でした。そして、その作業は、とりもなおさず川柳の基本を見直すということであり、私もまた、皆さんと共に多くのことを学ぶことができました。

本講座は、単なる入門講座ではなく、「創作辞典」となるように意識して執筆しました。皆さんはこれから、さまざまなハードルを超えてゆかなければなりません。作句に行き詰まって思い悩むこともあるでしょう。そのたびに本講座を思い出してページを開いてください。どこかで適切なヒントを見つけることができるはずです。

●──ほんものを目指す

川柳より俳句のほうが上等だと思っている人が稀にいますが、それは間違いです。ジャンルの異なるものを同じ俎上で比較するのは無意味です。

川柳には川柳の良さがあり、俳句には俳句の良さがあります。本物の川柳と本物の俳句は、それぞれ別の価値があり、それぞれ独自の文芸として屹立しています。

本講座はほとんど私自身の言葉で述べてきました。しかし、この「ほんもの」については、次の文章よりも適切に語る自信がありませんのでそのまま引用します。

〔ラ・ロシュフコー箴言集〕（岩波文庫・二宮フサ訳）より抜粋

―ほんものについて―

ほんものである、ということは、それがいかなる人や物の中のほんものでも、他のほんものとの比較によって影が薄くなることはない。二つの主体がたとえどれほど違うものでも、一方における真正さは他方の真正さを少しも消しはしない。両者のあいだには、広汎であるかないか、華々しいかそうでないかの相違はあり得るとしても、ほんものだということにおいて両者は常に等しく、そもそも真正さが最大のものにおいては最小のものにおける以上に真正だということはないのである。

武勇の道は詩歌の道よりも壮大で、より高貴で、より華々しい。しかし詩人と征服者は互いに肩を並べることができるし、同じことが、彼らがほんものである限りにおいて、立法者と画家等々についても言える。（後略）

説明を加える必要もない明快な論理です。ただ、「武勇の道は詩歌の道より壮大で、より高貴で…」というくだりは納得しかねますが、ラ・ロシュフコーが十七世紀のフランス貴族であったことを考えると、その価値観もやむを得ないことかと思えます。

川柳も俳句も短歌も、それぞれが「ほんもの」であれば、まったく等しい価値があり、比較などできません。そして、本講座は、最初から終わりまで「ほんものの川柳を目指す」ことを心がけてきました。

文芸の道に終点はありません。この講座で述べたことが川柳のすべてでもありません。お互いに、倦まずたゆまず努力を重ね、ほんものの川柳を創出するほんものの川柳作家を目指しましょう。川柳を尊敬(リスペクト)し、情熱を抱き続ける限り、いつまでも前進することができます。

あとがき

本書は川柳マガジン誌に三年七ヶ月、四十三回にわたって連載していました「入門講座」をまとめたものです。当初から講座完結後は一冊にまとめる予定でしたので、特に注意したのは文章の統一性です。通読したときに違和感が生じないよう、毎月同じテンションで執筆するように努めました。

また、項目ごとに紹介している例句の選別には時間を割きました。講座の指針に合う句を選ぶのはもちろんですが、地域に偏りがないよう、全国の機関誌や大会発表誌に目を通すようにしました。しかし、接する機会が多い関西方面の作品が多くなっているのは否めません。掲載させていただきました作者の皆さまに、心より御礼申し上げます。あらかじめお断りしてから掲載させていただくように心がけましたが、連絡できなかった皆さまには無断で借用しています。しかし、作者名を付けている作品は、すべて佳作として紹介させていただいていますので、何とぞご容赦くださいますよう、お願い申し上げます。

川柳は誰でも簡単に作ることができます。また、川柳ほど自由な文芸はありません。差別的な表現や個人攻撃を避けるべきなのはどの文芸も同じですが、川柳はそれ以外の制約は一切ありません。

しかし、「簡単で自由」と思って取り組んでみると、意外に奥が深く、間口も広いことが分かってきます。簡単で自由であるからこそ、その表現方法は多岐にわたり、初心者は「どの川柳が良いのか」見当がつかない事態に陥りがちです。中級者やベテランの中にも、「どの方向に進むべきか」逡巡している人がたくさんいます。本書は入門書ではありますが、そのような、しっかりした指針を求めている中級者やベテランにも役立つように配慮しました。

川柳は生涯をかけて取り組んでも悔いのないすばらしい文芸です。限りなく深くて広いフィールドで、思う存分あなたの力を発揮してください。

執筆に当たっては、再読するたびに川柳が好きになり、チャレンジ精神を取り戻せるようにこころを砕きました。一読しただけで本棚の隅に眠らせることなく、作句には欠かせない座右の書として重宝していただけましたら本望です。

最後になりましたが、執筆の機会をいただきました新葉館出版に衷心より御礼申し上げます。また、連載中のサポートのみならず、本書発刊に際して多大のご尽力をいただきました竹田麻衣子氏に深く感謝申し上げます。

平成二十二年十一月

新家　完司

【著者略歴】
新家完司（しんけ・かんじ）

1942年、大阪生まれ。
川柳塔社理事長。（一社）全日本川柳協会常任幹事。
毎日新聞鳥取柳壇選者。

著書　1989年　新家完司川柳集「平成元年」
1993年　新家完司川柳集2「平成五年」
1998年　新家完司川柳集3「平成十年」
2003年　新家完司川柳集4「平成十五年」
2008年　新家完司川柳集5「平成二十年」
2009年　「川柳作家全集 新家完司」
2013年　新家完司川柳集6「平成二十五年」
2018年　「川柳作家ベストコレクション新家完司」
2019年　新家完司川柳集7「令和元年」
2023年　「良い川柳から学ぶ　秀句の条件」
「令和川柳選書　ようたんぼのうた」
新家完司川柳集8「令和五年」

川柳の理論と実践

○

平成23年 3月14日　初版第1刷発行
令和 6年12月25日　第5刷発行

著者
新家完司

発行人
松岡恭子

発行所
新葉館出版
大阪市東成区玉津1丁目9-16 4F 〒537-0023
TEL06-4259-3777（代）　FAX06-4259-3888
http://shinyokan.jp/

印刷所
明誠企画株式会社

○

定価はカバーに表示してあります。

ISBN978-4-86044-428-0